L'Inconnu du parc Montsouris

Du même auteur

La Confrérie de l'échelle (Éditions EX ÆQUO - 2021)
L'Écu à la mèche longue (Éditions EX ÆQUO - 2022)
Le Trésor des Écossais (Books On Demand - 2023)
L'Empailleur de la rue Dieu (Books On Demand - 2023)

Éric LAMBERT

L'Inconnu du parc Montsouris

Polar historique
Une enquête de Théodore Méry

© 2024 Éric LAMBERT
Édition : BoD • Books on Demand GmbH, In de
Tarpen 42, 22848 Norderstedt (Allemagne)
Impression : Libri Plureos GmbH, Friedensallee 273,
22763 Hamburg (Allemagne)

Illustration : Portrait de Korney Tchoukovski
Ilia Efimovich Repin - 1910
Photographie de l'auteur : Beñat Picabea

ISBN : 978-2-3225-5479-9
Dépôt légal : Septembre 2024

À Isabelle,
mon Petit Amour
lectrice assidue et
relectrice attentive
des fruits de mon imagination

À Clément, Élodie, Loïc,
mes inconditionnels

Debout les morts !

Adjudant Péricard, la Woëvre, 8 avril 1915

Théodore Méry

Pour celles et ceux qui n'auraient pas fait la connaissance de Théodore Méry dans la nouvelle *L'Empailleur de la rue Dieu*, ou qui souhaitent tout simplement que je leur rafraîchisse un peu la mémoire, voici une brève présentation de ce policier.

L'inspecteur Théodore Méry était un brillant enquêteur avant la Grande Guerre. Amputé en 1917, il fut affecté aux archives à son retour.

En avril 1919, le commissaire Vandamme le rappela au service actif pour faire face au surcroît de travail, généré notamment par l'affaire Landru.

Depuis, toujours tourmenté par l'horrible boucherie, il continue d'officier au quai des Orfèvres.

Prologue

8 mai 1919

Vautré sur un banc du parc Montsouris, l'inconnu paraissait dormir. Élégamment vêtu d'un complet clair, coiffé d'une casquette à carreaux, il ne semblait pas souffrir de la fraîcheur de ces premières nuits de mai.

— Faut pas s'gêner !

L'homme qui l'apostrophait ainsi venait d'arriver, traînant une charrette à bras débordant de ce que les bourgeois auraient nommé immondices.

— C'est presque une heure du mat'. À partir de maintenant, c'est mon lit ! Et jusqu'au petit jour. Alors tu vas dégager, fissa !

Aucune réponse, aucun mouvement.

— Ben dis donc, t'en tiens une bonne ! Vu comment qu't'es loqué[1], m'est avis qu't'as passé la soirée dans un d'ces cafés pour artistes. Le Dôme ? La Coupole ?

Tout en questionnant l'envahisseur, le miséreux installait son couchage de fortune. Il ne lui serait pas venu à l'esprit de trouver un autre banc.

— Bon, j'vais pas t'chercher embrouille. Pousse-toi un peu et ça ira. J'espère que tu ronfles pas.

Devant le manque de réaction de l'importun, il finit par s'impatienter et le secoua doucement. Le dormeur s'affala, sans regimber.

---

[1] Habillé.

— Ben merde alors ! On dirait qu't'es clamsé[1] !
Il le remua plus vivement avec pour seul résultat de voir le corps sans vie basculer de côté, sur ce qui devait faire office de matelas.
— Là, y'a force majeure. Mon vieil Émile, va falloir changer d'cambuse[2].

Il ne restait plus à Émile qu'à remettre ses frusques sur la charrette et à trouver un autre parc pour y passer la nuit. Pas question de dormir à proximité d'un trépassé. Il en avait pourtant vu, des macchabées, mais celui-là lui donnait de l'urticaire, peut-être justement parce qu'il ne ressemblait pas à un mort. Il le salua :
— Alors, j'te laisse la place. J'sais pas si tu mérites le paradis, mais j'te souhaite tout d'même un bon voyage.

Seulement, alors qu'il avait déjà retrouvé la rue, le loqueteux se ravisa et revint sur ses pas après avoir vérifié qu'il n'y avait pas de noctambule dans les parages.
— J'pense à un truc. Tes groles ? Elles sont presque neuves et t'en n'auras plus besoin, là où tu vas. Tu n'les échangerais pas contre les miennes ?

N'attendant pas d'objection, il déchaussa l'individu et lui prit également ses mi-bas et sa casquette.
— Merci mon gars, t'es un copain. J'dirai une prière pour toi à saint Benoît[3].

---

[1] Mort (populaire, argot).
[2] Chambre.
[3] Saint Benoît Labre, saint patron des mendiants (1748-1783).

1

— Méry !

Théodore n'avait pas parcouru cinq mètres dans le couloir qui l'amenait à son bureau, qu'une voix forte et impérieuse le convoquait, celle du commissaire Vandamme. L'inspecteur n'avait fait le détour par la préfecture de police que pour récupérer sa carte de flic qu'il avait oubliée la veille. Sans la présence d'esprit de Pierre, son adjoint, l'arrestation du petit matin se serait conclue par un grand pied de nez du malfrat. Il n'avait d'autre option que de faire demi-tour.

— Bonjour commissaire.

— Méry, vous tombez bien.

— C'est que nous n'avons pas dormi, à planquer devant la boutique du quai de Valmy.

— Ah oui ! Le quai de Valmy. Et alors ?

— Comme je le supposais, le magasin du numéro 127 est bien celui d'un receleur qui masquait ses combines derrière un commerce d'objets de curiosité. Cela fait trois nuits que Pierre et moi sommes à l'affût, en complément d'une équipe de jour. Ce matin, à six heures, un individu y a pénétré. Sa description correspondant au signalement fait par la femme de chambre de l'appartement cambriolé avenue de Breteuil, nous l'avons alpagué à sa sortie. Il mijote en préventive, avant que je puisse l'interroger.

— Bien, très bien !

— Puis-je disposer ?

— Et pour quoi faire ?

— Me coucher, évidemment. Trois nuits blanches, ça épuise son homme.
— Vous récupérerez plus tard. Un cadavre vous attend parc Montsouris.
— Mais c'est derrière Montparnasse !
— Et alors ? Avec votre bicyclette, vous en avez pour moins d'une demi-heure.
— Et les autres, réagit Théodore en se tournant vers les inspecteurs présents. Et le monte-en-l'air ?
— Écoutez, Méry, je ne suis pas d'humeur à me battre avec vous. Obéissez ! Point final ! Au demeurant, il s'agit certainement d'une banale affaire d'accident cardiaque sur la voie publique qui ne vous occupera pas plus d'une heure. Des gardiens de la paix du commissariat d'à côté ont déjà fait les premières constatations et comptent sur vous pour conclure. Effectuez les vérifications normales et faites votre rapport. Vous irez vous coucher après. Où est votre adjoint ?
— Je l'ai renvoyé chez lui.
— Vous n'aurez pas besoin de lui. Allez !

Pourquoi lui ? Il y avait pourtant d'autres inspecteurs disponibles. Depuis qu'il avait repris du service actif au moment de l'arrestation de Landru[1] et résolu les assassinats de trois femmes, Pierre et lui n'étaient affectés qu'aux enquêtes dont personne ne voulait. Tout ça pour ça ! Peut-être aurait-il été préférable qu'il continue de moisir aux archives. Pourquoi ? À cause de son infirmité ? C'était sans doute plus pervers que ça. Lui reprochaient-ils d'avoir été au front tandis qu'ils étaient restés planqués à l'arrière ? — Tu comprends, les malfaiteurs s'en foutaient ! Guerre ou pas, ils poursuivaient leurs sales besognes à Paris — Et il ne les en avait pas félicités !

Théodore avait enfourché sa bécane et, malgré la fatigue, transmit toute sa rage au pédalier, faisant fi de la circulation, zigzaguant, se faufilant entre les tombereaux et les voitures

---

[1] Voir *L'Empailleur de la rue Dieu*.

automobiles. Le Panthéon, le Val-de-Grâce, la prison de la Santé. Enfin l'avenue du Parc-de-Montsouris ! Dernière ligne droite.

— Le corps a été découvert par le gardien du parc, alors qu'il venait d'en ouvrir les portes.

Le policier resté en faction n'avait pas caché sa satisfaction à la vue de ce cycliste ruisselant de transpiration qui s'était approché en montrant sa carte tricolore. Il faut dire que monter la garde devant un mort, pour le protéger des badauds curieux et amateurs de sensations fortes, n'avait pas sa préférence. Mieux valait régler la circulation.

— Un médecin a-t-il déjà fait les premiers examens ?
— Il arrive justement, puis-je me retirer ?
— Allez d'abord me chercher le gardien du parc.

Le praticien n'avait pas attendu pour découvrir le corps et commencer à l'examiner. Cela ne dura pas plus de quelques minutes.

— Arrêt du cœur, dit-il à Théodore.
— Drôle de constatation, docteur. Tous les trépassés ont le cœur qui cesse de battre. Ne pouvez-vous pas être plus précis ?
— Pardonnez-moi. Sans doute une crise cardiaque. Une ou plusieurs coronaires qui se bouchent et ce moteur n'est plus alimenté. Heureusement pour lui, il n'a pas dû beaucoup souffrir.
— Comment le voyez-vous ?
— Habituellement, cette pathologie est accompagnée de violentes douleurs au thorax, comme s'il y avait compression. Le patient ressent également des élancements au bras et quelquefois une crispation de la mâchoire. Or, vous pouvez l'observer, cette personne n'a pas les traits particulièrement contractés, ce qui me fait dire que la crise a dû être brutale et fulgurante. Il ne l'a sans doute pas vue venir.
— Bien, merci docteur. J'attends votre rapport. Une dernière question : l'heure de la mort ?

— Je pronostiquerais sans grand risque un décès entre vingt heures et deux heures du matin.

Il ne se mouillait pas en effet !

Quelque chose interrogeait Théodore, mais quoi ? Pas moyen de mettre le doigt dessus ! L'arrivée du gardien l'interrompit dans ses réflexions. Il renvoya le policier de faction en le chargeant d'organiser le transfert du corps à la morgue de la préfecture, quai de l'Archevêché, l'assurant qu'il patienterait jusqu'à son retour.

— Êtes-vous le gardien régulier de ce parc ?

— Oui, depuis plus de trente ans. Même pendant cette sale guerre. Avec le fantôme, bien sûr !

— Le fantôme ?

— Ne connaissez-vous pas cette légende ? Le géant Isoré de Mont-Souris aurait été décapité, au cours d'un duel contre Guillaume d'Orange, dit Court-nez, et serait enterré ici. Depuis, il hante le parc.

— Quelle culture ! Mais revenons-en à cette affaire.

— Je n'ai pas de mérite, vous savez. Je débite cette histoire à tous les passants qui veulent bien m'écouter.

— À quelle heure avez-vous fermé hier soir ?

— Vingt et une heures.

— Est-il facile d'y pénétrer une fois fermé ? Y a-t-il des visiteurs de nuit ?

— Non.

— Alors comment expliquez-vous la présence de cet homme ? Vous seriez fatalement tombé dessus avant de cadenasser les accès. Il est donc rentré après. Et si j'en juge par l'état de ses vêtements, il ne me paraît pas qu'il ait escaladé les grillages puisqu'ils ne présentent aucune écorchure.

Le concierge regarda ses pieds.

— Je vous écoute !

— Il y a un petit portillon que je ne verrouille pas. J'autorise, sans en parler à ma hiérarchie, la présence de quelques miséreux qui utilisent ces bancs pour dormir à l'abri des dangers de la ville. Vous comprenez, ce qui les différencie de

moi, c'est la malchance. J'aurais pu être à leur place si la Providence ne m'avait offert cet emploi alors que j'étais à la rue. C'est une façon pour moi de lui rembourser une partie de ma dette.
— Il me faut la liste de vos protégés.
— C'est que je ne les connais que par leur prénom ou leur surnom. En ce moment, il n'y a que l'Émile.
— Et je peux le trouver où, l'Émile ?
— Je ne sais pas. Il vadrouille par-ci par-là avec sa charrette et ses litrons.
— Cette nuit ?
— Là encore, je ne peux vous satisfaire. Je les laisse tranquilles. Je ne veux pas les voir avant la fermeture et ils doivent avoir décampé pour l'ouverture en enlevant toute trace de leur passage.
— Et celui-là ? Vous l'aviez déjà aperçu ?
— Inconnu au bataillon ! Ceux de la haute n'ont pas besoin de dormir sur un banc, vu qu'ils ont des appartements dans les beaux quartiers. De toute façon, ils ignorent que le portillon n'est pas verrouillé !
— La preuve que non ! C'est bon. Je reviendrai vous voir si j'ai d'autres interrogations.
— Je peux vous poser une petite question avant de partir ? répondit timidement l'homme en regardant le bras manquant de l'inspecteur.
— Je la devine. Chemin des Dames en 17, ça vous va ?

Théodore en avait assez pour démarrer, et peut-être immédiatement clore son enquête. Il profita d'être seul avec le cadavre pour le fouiller. Rien ! Il eut beau palper les doublures, chercher une cache dans la ceinture, l'identité de l'inconnu demeurait un mystère.
Bon sang ! Une heure, tout au plus, avait dit le commissaire. Sans identité, pas moyen de fermer le dossier. Sans identité, le voilà avec une enquête des plus insignifiantes sur les bras : trouver le nom et l'adresse d'un anonyme mort d'une crise cardiaque. Il n'avait pas repris du service pour

ça ! Chercher des assassins, démasquer des escrocs, oui, mais retrouver le patronyme d'un quidam ! Les champs de bataille livraient encore chaque jour leurs lots d'inconnus, de corps mutilés, déchiquetés par les bombes. En quoi celui-là méritait-il plus que les autres d'être reconnu ?

Il faillit percuter l'arrière d'un autobus « type H » quand l'étincelle jaillit. Comment son cerveau n'avait-il pas réagi plus tôt ? Les chaussures ! Usées, en complet désaccord avec la coupe élégante du veston.

2

Pierre Rambourd grimpa l'escalier qui montait à l'appartement de Théodore. Le jeune inspecteur stagiaire avait dormi jusqu'à midi, après la nuit blanche passée à planquer et s'était rendu à la préfecture non sans avoir pris un rapide en-cas. Pensant y retrouver son supérieur, il avait été surpris de son absence.

La porte d'entrée était légèrement entrebâillée, il la poussa avec précaution après avoir hésité un instant, craignant la présence d'un intrus. Théodore ronflait ! Il tenta de le réveiller doucement.
— Théodore.
Sans succès ! Il le secoua un peu :
— Théodore !

La réaction du dormeur fut subite. Se redressant, il saisit Pierre par le col et le retourna de sa seule main valide.
— Alerte ! hurla-t-il. Tous à vos postes.
— Holà mon ami ! La guerre est finie.
Lâchant prise, Théodore se rallongea et ouvrit les yeux.
— Pierre, c'est toi ?
— La preuve, répondit le jeune homme en montrant son bras raccourci. Voici notre signe de ralliement.
— Tu m'as sorti d'un sacré cauchemar.
— J'imagine que tu étais encore dans ta tranchée ! Ne t'en échapperas-tu donc jamais ?
— Il suffit que je ferme les yeux pour en sentir les relents.

— Je te signale que la porte de ton appartement était entrouverte. J'ai bien cru qu'un as de la cambriole te débarrassait de tes richesses, ou bien pire.

— Bah, que veux-tu qu'il emporte ? Il n'y a rien ici que des mauvais souvenirs. Quant à un assassin, il est des moments où je me dis qu'il me rendrait bien service. Je ne manquerai pas à grand monde.

— Et moi ? Attends au moins que je sois devenu inspecteur en titre.

— Et que fais-tu chez moi ?

— J'arrive de la préfecture. Ne t'y trouvant pas, j'ai cru que tu ne te sentais pas bien. Il est cinq heures de l'après-midi ! Tu ne dors normalement jamais plus de quelques heures.

Théodore s'assit et se frotta les yeux, comme pour se débarrasser des visions qui l'avaient envahi.

— Je suis rentré il y a une heure à peine, exténué et pressé de m'allonger.

— Une heure ?

— Le commissaire n'a aucune pitié des claqués ! Il a profité de m'apercevoir ce matin dans le couloir pour me refiler une nouvelle enquête : un trépassé au parc Montsouris.

— Chouette !

— Comment ça, chouette ? Un homme est mort et c'est tout ce que tu trouves à dire ?

— Ce n'est pas pour lui, le pauvre, mais pour l'investigation qui s'annonce.

— J'ai bien peur que tu ne sois déçu. On l'a retrouvé sur un banc, sans doute terrassé par une crise cardiaque. La seule chose que nous ignorons, c'est son nom.

— Et tu as mis tout ce temps pour t'acquitter de cette mission ?

— C'est que... Viens, j'ai faim, discutons de ça au bistrot d'en bas devant une tartine de pâté et un Picon bière.

Pierre et Théodore s'étaient rencontrés deux mois plus tôt, quand il avait fallu débrouiller l'affaire de trois femmes rousses disparues[1]. Le jeune homme d'à peine dix-huit ans sortait de l'école d'inspecteur et lui avait été affecté. Une complicité avait rapidement émergé entre Théodore, le plus que trentenaire traumatisé par la Grande Guerre et Pierre. Une complicité accrue par la particularité physique qu'ils partageaient : un avant-bras manquait à chacun des deux. Leurs collègues les surnommaient d'ailleurs avec ironie *la brigade des bras cassés*.

— Quelque chose me chiffonne, reprit Théodore en reposant son verre. J'avais enfourché mon vélo après avoir laissé le corps aux agents qui étaient chargés de l'amener à la morgue quand un détail m'a choqué : les chaussures.
— Les chaussures ?
— Il faut que je te dise que l'homme ressemblait à un bourgeois. À part pour ses pieds. La vision des espèces de godillots élimés m'est revenue alors que je me préparais à retrouver mon lit. Je suis donc reparti à l'institut médico-légal et j'ai eu la confirmation qu'un truc clochait. Ses chaussures d'abord, mais aussi, le fait que ses vêtements n'avaient aucune étiquette. Et pourtant, leur coupe indique clairement qu'ils proviennent d'un bon tailleur. Je n'ai pas d'élément justifiant une autopsie, mais j'ai insisté pour que le corps soit conservé pour le cas où le besoin s'en ferait ressentir.
— Donc, si je résume, un nanti anonyme aux souliers usés.
— Et sans chaussettes !
Cette dernière réplique eut raison du sérieux que Pierre s'évertuait à vouloir garder. Il éclata de rire.
— Quel mystère !
— Il n'y a rien de drôle. Rappelle-toi qu'on parle d'un homme que sa famille attend peut-être. Nous nous devons de le rendre à ses proches, quelles que soient les explications de sa mort.

---
[1] Voir *L'Empailleur de la rue Dieu*.

— Bon, excuse-moi. Pourquoi faut-il toujours que tu joues les rabat-joie ?
— C'est comme ça ! Je crois que mon humour est resté au fond d'une tranchée, sans doute accrochée au bras qui me manque.

* * *

C'est dans le bureau du commissaire Vandamme qu'ils se retrouvèrent le lendemain à neuf heures. Sa réaction ne surprit pas Théodore :
— Quoi ? Une photo dans le journal ? Si l'on devait faire publier un article à chaque anonyme mort dans la nuit, il faudrait imprimer un bottin chaque matin !
— Mais commissaire, ne trouvez-vous pas bizarre qu'aucun signe ne puisse permettre d'avoir au moins une indication ? Pas de papier, pas d'étiquette. Et puis il y a cette histoire de chaussures !
— Commencez déjà par étudier les signalements de disparitions. Pierre peut s'en charger. Il consultera également le sommier[1]. Quant à vous, ne perdez pas de vue qu'il vous faut interroger le cambrioleur arrêté hier matin.

Ils l'avaient oublié, celui-là.

Ils ne purent s'occuper à nouveau de l'inconnu de Montsouris, comme ils l'avaient surnommé, que trois jours plus tard. Pierre s'était usé les yeux sans résultat. Ayant réussi à faire céder le commissaire, ils se retrouvèrent à la morgue en compagnie d'un photographe du *Petit Parisien*. Son tirage à pratiquement deux millions d'exemplaires[2] augurait d'une visibilité exceptionnelle. Il avait évidemment fallu promettre l'exclusivité de l'enquête.

---

[1] Registre des noms de personnes ayant fait l'objet de poursuites ou de condamnations.
[2] À cette époque, ce journal annonce avoir le tirage le plus important au monde.

Le journaliste plaça son matériel et réalisa les clichés, pestant contre le manque de luminosité.

— Au moins, il ne risque pas de bouger, temporisa Théodore, sans succès.

— Qu'y connaissez-vous ? Je suis un artiste, moi !

Les inspecteurs n'osèrent plus intervenir, de peur qu'il ne les laisse en plan. Ils auraient évidemment préféré confier cette tâche à leurs collègues du service d'identité judiciaire, mais les correspondants du quotidien avaient été clairs : les photographies devaient obligatoirement être prises par un de leurs professionnels. L'influence de la presse en ce début de siècle était considérable et il n'était pas question de se la mettre à dos.

Il fallut encore patienter.

Bizarrement, cette affaire somme toute banale préoccupait Théodore plus que de raison. L'actualité avait pourtant de quoi la remiser au fin fond de son esprit, en premier lieu, la conférence de paix de Paris. Commencée en janvier 1919, elle réunissait près de trente délégations, françaises et étrangères. Les quotidiens faisaient régulièrement état de l'avancée des négociations avec, au cœur des débats, la question cruciale du niveau d'affaiblissement de l'Allemagne. L'inspecteur, bien qu'ancien combattant mutilé, se méfiait d'une trop grande sévérité vis-à-vis de l'ennemi. Par trop humilier ce peuple, le monde s'exposait à une récidive guerrière à plus ou moins brève échéance. Malheureusement, les tenants de l'intransigeance avaient, semble-t-il, pris le dessus.

Deux jours auparavant, la délégation allemande avait été convoquée à l'hôtel du Trianon-Palace pour y recevoir les conditions de paix établies par les vainqueurs lors de conférences auxquelles elle n'avait pas été conviée. Cette représentation, menée par Ulrich, comte von Brockdorff-Rantzau, savait à quoi s'attendre et contesta les termes du traité dès la première lecture, tant ils étaient sévères. Dès leur arrivée, fin avril, les émissaires d'outre-Rhin avaient pu mesurer le degré de détestation qu'ils suscitaient en France. Hébergés à l'hôtel des Réservoirs[1], ils y étaient pratiquement consignés, mis sur écoute, ne pouvant circuler aux alentours qu'escortés de militaires alliés.

* * *

Ce lendemain soir, Théodore fut abordé à l'entrée de son immeuble par une jeune fille qui, manifestement, l'attendait depuis un moment :
— Tu es Théodore Méry ?
— Oui ma petite, pourquoi ?
— J'ai un message pour toi, répondit-elle en lui tendant un bout de papier.
La gamine ne bougea pas, patientant tandis que l'inspecteur prenait connaissance du billet.

*Si le passé a quelque importance pour toi,
suis ma commissionnaire sans poser de question.*

Le passé ! Quel passé ? La guerre ?
— Qui t'a donné ce mot ?
— J'sais pas, m'sieur.
— Et où dois-je t'accompagner ? C'est loin ?
— J'ai pas le droit de te le dire. Tu dois venir avec moi, c'est tout.
Pourquoi devrait-il revenir sur ses traces ? Il lui fallait un peu de temps pour se décider.
— Tu as faim ?
— Oui, m'sieur.
— Alors, monte avec moi. Il me reste du pain et de la confiture de rhubarbe.

Pendant que l'enfant dévorait les tartines qu'il lui avait préparées, Théodore lut et relut le mot. Un piège ? Il ne se

---

[1] Aujourd'hui, siège de l'*École Européenne d'Intelligence Économique*.

connaissait pas d'ennemi. Une blague ? Non, trop invraisemblable. Ses enquêtes ? Trop personnel. Il se résolut enfin.
— Mène-moi à ce rendez-vous mystérieux.
La petite fille marchait, silencieuse, à courtes enjambées rapides. À peine sortis de la rue du Moulin-de-la-Vierge, où résidait l'inspecteur, ils avaient emprunté la rue d'Alésia vers l'est. Après vingt minutes, alors que la nuit tombait, ils passèrent devant la brasserie Le Zeyer, bondée. Théodore s'enquit à nouveau de la destination :
— C'est encore loin ?
— Non, nous sommes à peu près au milieu.
— Au fait, comment t'appelles-tu ?
— Juliette.
— Enchanté, Juliette. Tes parents ne s'inquiètent-ils pas de te savoir dehors à cette heure ?
L'enfant ne répondit pas. Quand ils bifurquèrent dans l'avenue du Parc-de-Montsouris, l'inspecteur eut un pressentiment.
— Ne m'emmènerais-tu pas au parc ?
Pas un mot en retour. Son impression fut confirmée lorsqu'ils franchirent le petit portail dont lui avait parlé le concierge après la découverte de l'inconnu du banc. Il n'aurait pas imaginé tomber sur un vieil homme dépenaillé, assis à l'endroit même où le corps avait été trouvé. L'enfant pivota vers Théodore et campa, la main tendue.
— Pardonne-moi, lui dit le miséreux. Je lui ai promis une récompense, mais les temps sont durs. Aussi, j'ai compté sur ta bienveillance pour tenir mon engagement. Trois francs, ça te va ?
Le sollicité fouilla ses poches sans mot dire, en sortit un billet de cinq francs à l'effigie d'une femme casquée qu'il remit à la gamine en lui caressant les cheveux. Elle n'attendit pas son reste et s'enfuit.
— Elle n'avait sans doute pas la monnaie sur elle, l'excusa le vieil homme.
— Que me voulez-vous ?

— Assieds-toi là, pour commencer. C'est drôle, je ne t'imaginais pas comme ça ! Comment te dire ? Si mes renseignements sont exacts, tu devrais être âgé de trente-quatre ans. Or, tu en fais dix de plus. J'en viens à douter.
— Tu es bien né en 1885 ? continua-t-il après un silence pensif.

Théodore, mutique jusque-là, sortit vivement de sa torpeur :
— Vous avez l'air d'en savoir beaucoup sur ma personne. Pourquoi m'avoir convoqué pour me donner du tutoiement et me poser ces questions ? Qui êtes-vous ? Et comment me connaissez-vous ?
— Tu as raison, j'aurais dû me présenter, mais je ne le ferai que si je suis certain de ton identité. Es-tu né en 1885 ?
— Oui ! Ça vous va ? À vous maintenant ! Vous évoquiez mon histoire dans votre message, passez à table.
— Voilà bien l'expression d'un condé ! Passer à table ! Je t'assure que j'adorerais, mais, comme je te l'ai dit tout à l'heure, mes poches sont vides. Tout juste une moitié de litron de gros rouge à m'enfiler. Mais soit, j'obtempère, monsieur l'agent !

Comme pour se donner du courage, l'homme joignit le geste à la parole en buvant une rasade à même le goulot. En tout cas, c'est ainsi que Théodore l'interpréta, l'ayant expérimenté avant chaque assaut sur les lignes ennemies. Il reprit :
— Tout d'abord, tu peux m'appeler Émile et me tutoyer toi aussi, vu que je suis, pour ainsi dire, ton oncle.

Ce dernier mot laissa Théodore interloqué. Un oncle ? Jamais entendu parler de l'existence d'un oncle ! D'ailleurs, il n'avait plus de famille. Il répliqua en se levant, prêt à partir :
— Je n'ai pas d'oncle ! Il y a erreur sur la personne. Vous avez de la chance que je ne sois pas venu au monde avec un mauvais tempérament.

Le vieil homme ne se démonta pas et rétorqua :
— Ta naissance ? Parlons-en de ta naissance. Libre à toi de te carapater, sinon, rassieds-toi et écoute sans m'interrompre.

Théodore ne partit pas.
— J'ai bientôt soixante-dix ans. Rassure-toi, je ne vais pas te raconter ma vie, uniquement ce qui te concerne. En 1871, alors dans la Garde nationale, j'ai participé activement à la Commune de Paris. C'est là que j'ai connu Louise Michel et ton père.
Ton père ! Une ombre, une vague silhouette dont Théodore avait depuis longtemps perdu le souvenir. Avait-il seulement eu un géniteur ? L'homme poursuivit sans tenir compte du sursaut qu'il venait de provoquer :
— Nous étions tels les doigts d'une main, frères et sœurs dans la révolution. Tu comprends pourquoi je me considère comme ton oncle. Quand Louise se livra pour faire libérer sa mère, nous l'accompagnâmes et fûmes déportés en Nouvelle-Calédonie. À notre retour, en 1880, nous étions convertis aux idées anarchiques. Nous avons alors alterné les périodes d'actions et d'emprisonnements. En 1883, elle déploya le drapeau noir dans une manifestation, nous étions encore à ses côtés. C'est à cette époque que ton père... T'ai-je dit son nom ? Kléber Duchamp. C'est donc à cette époque que ton père rencontra ta mère, Marthe Méry. Elle était blanchisseuse et bien plus jeune que lui.

Théodore posa la main sur le bras du conteur pour l'interrompre quelques instants. Son visage fatigué et déjà flétri lui revint en mémoire. Même à plus de trente ans, il avait souffert de devenir orphelin ! Satanée grippe espagnole. À mesure qu'il avait grandi, la relation qu'il entretenait avec sa mère s'était transformée. Des yeux extérieurs auraient peut-être vu un couple en cette femme et ce jeune homme ; d'ailleurs, aucun soupirant n'était apparu. Malgré ses questions récurrentes, elle ne lui avait jamais rien dit de son père. Il les avait abandonnés, un point c'est tout. Il soupçonnait qu'elle avait gardé beaucoup de tendresse pour cet amant volatilisé.
Émile patienta le temps qu'il fallait à son interlocuteur pour digérer ces révélations. Il devait néanmoins en terminer :

— Ce fut le coup de foudre. À tel point que les premiers mois, il délaissa les réunions de cellule...

Théodore l'interrompit sèchement :

— Écoutez, ça ne m'intéresse pas ! Répondez à ma question et nous en resterons là. Par quel mystère m'avez-vous retrouvé ?

— Comme tu veux, j'comprends. C'est ce matin, quand j'ai lu l'article du *Petit Parisien,* que j'ai fait le rapprochement entre le nom de l'inspecteur Théodore Méry qui était indiqué comme contact au bas de la photographie de l'homme inconnu et celui de ta mère. Il m'a suffi d'arguer d'un message urgent pour obtenir ton adresse à la préfecture.

Sans saluer son interlocuteur, Méry se leva et gagna la sortie du parc. Le clochard l'apostropha avant qu'il soit hors de portée :

— Une dernière chose ! Ton père va mourir. Libre à toi de le laisser calancher comme un chien. Si tu as des remords, je passerai de temps en temps sur ce banc. Avec un peu de chance, et si la Providence s'en mêle, tu m'y retrouveras et nous pourrons le visiter avant que la faucheuse ne termine son œuvre.

Théodore ne se retourna pas. Il avait pourtant entendu.

Marchant rapidement, il ne pensait plus qu'à réintégrer son appartement pour se cacher sous les draps de son lit, comme il le faisait enfant, lorsque sa mère le grondait. Il s'arrêta soudain ! Les chaussures ! Encore une fois ! Comment un être si misérable pouvait-il avoir des mocassins aussi neufs ? Juste ciel, c'était l'Émile dont lui avait parlé le gardien. Il fit demi-tour et se précipita vers l'endroit qu'il avait laissé quelques minutes auparavant. L'homme qu'il bouscula dans son empressement émit quelques jurons étouffés. Théodore aurait pourtant dû prêter attention à cet individu qui lui avait emboîté le pas à distance depuis qu'il avait commencé à suivre la gamine.

Le banc était vide quand il arriva. Personne pour le renseigner sur l'occupant qui venait de le quitter. Il n'avait plus qu'à s'en retourner. Cette fois-ci, le pisteur ne se laissa pas surprendre.

Cet intermède eut le don de détourner l'inspecteur des pensées noires qui l'avaient envahi en replaçant l'enquête sur le devant. La photographie publiée dans les journaux allait-elle permettre de mettre un nom sur l'étiquette du tiroir de la morgue ? Il reviendrait le lendemain soir au parc Montsouris, et les soirs suivants si nécessaire. Jusqu'à ce que cet Émile lui crache le morceau. Ces ruminations l'amenèrent au bas de son immeuble sans qu'il s'en aperçût. L'indiscret se cala dans l'encoignure d'une porte cochère au moment où il éteignit la lumière.

3

— Je vous dis qu'il est mort d'une crise cardiaque ! Ce n'est pourtant pas bien difficile à comprendre. Votre enquête est terminée. Faites-moi votre rapport et passez à autre chose, ce n'est pas le travail qui manque.

Le commissaire Vandamme avait paru embarrassé quand Théodore lui avait demandé si la publication de la photographie de l'inconnu du banc de Montsouris avait produit quelque résultat. Il avait tout d'abord tergiversé avant de se cambrer face à l'insistance de l'inspecteur. Celui-ci s'était montré dubitatif. Son supérieur avait coupé net, sans satisfaire aux interrogations de son subalterne.

Furieux, Méry avait attrapé son adjoint :
— Viens !
— Où ?
— Tu verras, ça pue l'embrouille ici. J'ai besoin d'un remontant.
— Si tôt ?

Théodore ne répondit pas. Si tôt ! Personne ne s'inquiétait de l'heure quand, prêts à sortir de la tranchée, ils se brûlaient le gosier avec un tord-boyaux généreusement offert par le ministère de la Guerre en attendant le coup de sifflet. Il s'estimait bienheureux de n'être pas revenu ivrogne de cette boucherie, contrairement à tant d'autres. Ils entrèrent dans un bougnat au coin de la rue. Pierre se contenta d'un café, laissant son supérieur vider son verre de cognac cul sec avant de lui demander des explications :

— Alors ? Tu te sens mieux ? Raconte.
— Le commissaire vient de nous retirer l'enquête sur l'inconnu.
— Pour la donner à qui ?
— À personne, grand dieu ! L'affaire est classée. Tu y crois, toi ?
— Pas possible ! Et son nom ? Il te l'a dit ?
— Non, mais il est admissible qu'il l'ait obtenu grâce à l'article paru dans *Le Petit Parisien*. C'est inconcevable. Ça, c'est la goutte d'eau qui fait déborder le pissepot[1] !
— Écoute, Théodore, tu ne devrais pas te mettre dans un état pareil. Il nous donnera d'autres investigations à mener.
— Tu ne comprends pas. Sans que je me l'explique, j'en ai fait une affaire presque personnelle. Des inconnus, les champs de bataille en sont remplis. On en retrouve tous les jours et ce n'est pas demain la veille qu'ils disparaîtront. Je te parie même qu'on déterrera toujours des ossements dans cinquante ans. Ces corps ne seront jamais rendus à leur famille, et je ne peux rien y faire. Celui-là, je me suis promis de lui dénicher une sépulture près des siens. Et puis il y a les chaussures.
— Encore ces chaussures ?
Théodore dut relater à son auxiliaire sa rencontre la veille avec l'Émile.
— Bizarre, non ?
— Bah, qu'un clochard pique les mocassins d'un mort, ça ne serait pas la première fois. Moi-même, je ne me risquerais pas à dormir dans ce parc, de peur de me retrouver défroqué !
— Et que penses-tu du fait que ses vêtements ne portent aucune marque d'identification ? Les étiquettes semblent avoir été découpées. Son couvre-chef s'est lui aussi volatilisé.
— J'avoue que je n'en ai pas l'explication.
— Aucun papier sur lui ! Pas même une note de blanchisseur alors que sa chemise était immaculée.

---

[1] Pot de chambre.

— Ça fait beaucoup, en effet.
— Je ne te le fais pas dire !
— Retournons voir le commissaire, peut-être sera-t-il mieux disposé.

Théodore enfila un troisième verre avant de répondre :
— Je ne le crois pas. En tout cas, je veux en avoir le cœur net. Rendons-nous quai de l'Archevêché, à la morgue. Je souhaite examiner de nouveau notre inconnu.

Ils longèrent la cathédrale Notre-Dame avant d'arriver à la pointe de l'île de la Cité. Pierre jeta un œil à main droite, de l'autre côté de la Seine. L'église Saint-Gervais-Saint-Protais n'était que ruine. Cela s'était produit un an plus tôt, en mars 1918. Les sons et quelques images se bousculaient dans sa tête chaque fois qu'il voyait l'édifice pratiquement détruit. Sa mère et lui assistaient aux vêpres du vendredi quand les fidèles avaient perçu le bourdonnement. D'abord sourd et lointain, il était devenu strident en une seconde, jusqu'à ce que tout s'affaissât. Puis, l'obscurité, les cris, les pleurs. Il revivait la scène. Prisonnier sous un amas de pierres et de poutres, il ne pouvait bouger. Des appels, des mains qui s'activaient à ouvrir son caveau de calcaire. La lumière enfin, une lumière blafarde, tant l'atmosphère était poussiéreuse. Quand il s'était réveillé dans un lit d'hôpital, son avant-bras n'était plus là, un énorme pansement couvrant ce qui restait du membre. Une religieuse lui avait doucement expliqué un peu plus tard avant qu'il ne replonge après une nouvelle injection de morphine. Les Allemands bombardaient Paris[1]. Sa mère faisait partie des malheureuses victimes. À sa sortie de l'établissement, un des policiers présents au moment du drame lui avait facilité l'entrée à l'école des inspecteurs, malgré son infirmité.

---

[1] Entre mars et août 1918, les Pariser Kanonen (surnommés Grosses Bertha par les Parisiens), déployés à 120 kilomètres, tirèrent plus de 300 obus sur Paris. On recensa plus de 250 morts et quelque 600 blessés.

Théodore le laissa méditer un instant avant de le ramener à la réalité du jour :
— Allons, Pierre. Tentons de découvrir maintenant ce que ce corps nous a caché.

Contrairement à l'habitude, le médecin légiste n'était pas occupé. Il parcourait un énorme pavé dont il marqua la page quand Pierre et Théodore se présentèrent.
— Ah, Méry ! Bien le bonjour.
— Je constate qu'il n'y a pas grande affluence à l'Institut médico-légal aujourd'hui et que vous en profitez pour vous distraire.
— Détrompez-vous, je m'instruis avec cette revue de médecine légale de 1893. Puis-je vous en lire un petit passage ?

L'homme de l'art n'attendit pas la réponse. Il se racla la gorge avant de commencer :
— C'est un avis du professeur Lombroso, criminaliste italien réputé. Voici ce qu'il écrit : « Je ne suis certes pas opposé à la peine de mort, mais seulement quand il s'agit de coupables nés pour le mal, dont l'existence mettrait en péril celle de beaucoup d'honnêtes gens ; aussi, n'aurais-je pas hésité à y condamner Pini et Ravachol ; mais, assurément, s'il est un grand crime auquel doivent être épargnées non seulement les peines les plus grandes et surtout les condamnations ignominieuses, il me semble que c'est celui des anarchistes. »
— Si les médecins légistes se mêlent de politique, répondit Théodore après un silence, je ne sais pas où cela va nous mener.
— La médecine légale a fort heureusement beaucoup évolué en vingt-cinq ans. Que puis-je pour vous ?
— Il s'agit de l'inconnu du parc Montsouris.
— Je vous arrête tout de suite. Ordre m'a été donné il n'y a pas une heure de le remettre aux services funéraires pour son inhumation au carré des indigents du Père-Lachaise.
— Impossible ! A-t-il au moins été autopsié ?

— Impossible ? Et pourquoi une autopsie ?
— Pouvons-nous en parler dans un endroit discret ?
— Venez.

L'homme de l'art les précéda dans une petite pièce derrière la salle d'examen. Des murs blancs tapissés d'étagères remplies de bocaux et de récipients de toutes formes. Devant l'air stupéfait de ses visiteurs, il ferma la lourde porte avant de donner l'explication qu'ils redoutaient :
— Mon modeste cabinet de curiosités ! Personne, en dehors de ma personne, n'a l'autorisation d'y entrer.

Pierre se remémora le jour où son maître d'école avait apporté une collection de livres d'anatomie dans la salle de classe. Ces corps desquels son auteur, Étienne Rabaud, avait ôté la peau. Et puis cette histoire d'empailleur[1] qui les avait réunis, Théodore et lui ! Chaque récipient contenait une pièce de cette merveilleuse machine qu'est le corps humain. Comme un puzzle. Il regarda le médecin d'un autre œil. Se prenait-il pour le docteur Frankenstein, à vouloir créer un être vivant de ses mains ? Et l'âme dans tout ça ? Dans quel bocal était rangé l'attribut spirituel suprême ? Théodore partagea les pensées de son jeune adjoint sans mot dire. Leur hôte les réveilla :
— Rassurez-vous mes amis, il ne s'agit simplement que de ma collection personnelle d'organes aux caractéristiques transgressant la normalité. S'il y a des oreilles ici, elles ne peuvent être qu'énormes et difformes, sans aucune capacité à nous espionner. Théodore, je suis tout ouïe.

Il fallut plusieurs minutes encore avant que l'inspecteur ne sorte de cette sorte de léthargie dans laquelle il était plongé. Il finit par répondre :
— Vous ne pouvez pas.
— Un ordre est un ordre, vous le savez mieux que moi.

---

[1] Voir *L'Empailleur de la rue Dieu*.

— Écoutez, j'étais chargé de l'enquête jusqu'à il y a une heure. Le commissaire vient de la clore et de me la retirer, sans explication. Ceci n'est pas normal. Avez-vous au moins cherché la cause de la mort ?
— À première vue, il s'agit d'un arrêt cardio-respiratoire.
— À première vue ? Depuis quand vous contentez-vous d'un à-peu-près ? Je vous ai connu bien plus méticuleux.

Théodore avait haussé le ton, le médecin légiste ne se laissa pas démonter :
— Modérez vos ardeurs, je vous prie. Dois-je vous rappeler que l'enquêteur, ce n'est pas moi ? Je n'ai pas à me préoccuper des raisons qui font qu'un cadavre doit être autopsié et un autre non. Je ne procède que par réquisition.

Pierre avait assisté à ces échanges sans réagir, encore impressionné par le décor qui l'entourait. Si ce médecin espérait recréer un corps à partir de ces organes, ce ne pouvait être que celui d'un monstre ! Il y en avait déjà tant dans les hôpitaux et les hospices, des gueules cassées comme on les surnommait, victimes de la barbarie pour qui la mort aurait sans doute été bien préférable à ces atroces blessures qui les remisaient au ban de la société. La voix de Théodore le réveilla. Il intervint :
— Voyons messieurs, nous sommes entre gens de bonne volonté. N'y aurait-il pas une issue honorable à cette dispute ?
— Pardonnez-moi, compléta Théodore, je me suis laissé emporter.
— N'en parlons plus.
— Parlons-en, justement ! Ce corps doit être autopsié. S'il s'agit d'une mort naturelle, j'en serai quitte pour vous inviter à la table que vous choisirez.
— Comme vous y allez ! Croyez-vous que cela soit si simple ?

Le ton était redevenu plus calme, presque cordial. Le médecin poursuivit :

— Les croque-morts vont sans doute bientôt arriver, il faudra bien que je leur donne le corps.
— Vous devrez leur fournir non pas le corps, mais un corps. Comprenez-vous la nuance ?
— Imaginons que je vous suive dans votre délire. Ils entombent un autre cadavre en lieu et place de celui de cet individu, j'autopsie celui-ci et j'y trouve trace d'un crime. Comment ferez-vous pour relancer l'enquête puisque l'inconnu sera officiellement sous terre ?
— Vous avez entièrement raison. Alors c'est foutu ! Ce pauvre homme manquera aux siens pour l'éternité.

S'il y avait eu une chaise, Théodore se serait effondré dessus. Accablé, il était incapable de réfléchir à une solution de remplacement.

— Je ne vois pas d'échappatoire en effet, reprit le médecin. D'autant plus que le temps nous est compté, plus que quelques minutes peut-être.
— Il y en a pourtant une, intervint Pierre. Il y en a forcément une. Et si nous le cachions ?
— Désolé, mon jeune ami, n'étant pas monsieur Méliès[1], je ne puis faire disparaître cet homme derrière un écran de fumée.
— Il ne s'agit pas de le faire disparaître, mais d'empêcher qu'on ne l'emporte.
— Je vous écoute !
— Il suffit d'enlever la fiche d'identification. Vous n'aurez qu'à expliquer que sans cette étiquette, vous êtes dans l'impossibilité de leur confier le mort. Dites-leur de revenir plus tard. Cela vous laissera le temps pour l'autopsie.
— Comme c'est aisé pour vous ! On voit bien que ce n'est pas votre réputation qui sera en jeu ! De plus, je vous le répète, je n'ai pas le pouvoir de réaliser cet examen sans une requête des autorités de police.

---

[1] Georges Méliès (1861-1938). Illusionniste et réalisateur français. Considéré comme l'un des premiers « truqueurs » de cinéma.

Théodore intervint :
— Cher ami, j'ai besoin de quelques jours pour identifier cet inconnu et trouver les causes de sa mort. Alors je vous le demande comme un service. Voilà ce que je propose... On toqua à la porte.
— Docteur ? Vous êtes là ?
Le médecin devait vite se décider. La sympathie qu'il éprouvait envers ces deux policiers différents l'incitait à oser le subterfuge, mais quelles en seraient les conséquences ? Pour lui, pour eux ?
— J'arrive.
Avant de rejoindre les importuns, il se tourna vers les inspecteurs.
— Je ne vous promets rien ! Patientez dans cette pièce, et en silence. Personne ne doit subodorer votre présence.

L'attente fut interminable et glauque parmi ces restes humains. Qu'allait faire le médecin légiste ? Prendrait-il le risque ? Et à quel titre ? Pourquoi le ferait-il d'ailleurs ?
La porte s'ouvrit brusquement.
— Filez ! Vous avez soixante-douze heures. Et si vous voulez une autopsie, il me faut une réquisition, débrouillez-vous.
Sur le seuil, le maître des lieux murmura quelques mots à Théodore en appuyant son propos d'un clin d'œil :
— Quand je n'ai pas mes lunettes, je suis incapable de reconnaître une signature.
Théodore sourit et lui rendit son signe. Un faux ! Il allait devoir produire un faux pour la première fois. Cela l'amusa. Il décida de n'en rien dire à son jeune adjoint. Mieux valait qu'il ne soit pas mêlé de trop près à cette malversation. Si quelqu'un devait subir les conséquences de ce tripatouillage, c'était bien lui, Théodore Méry, trois citations au champ d'honneur et croix de guerre.
— Vous l'aurez avant ce soir. Inutile de vous préciser que je dois être le seul destinataire de votre rapport. Je

déciderai de la suite à donner en fonction des résultats de votre examen.

* * *

Il fallait rentrer au quai des Orfèvres. Les deux policiers n'avaient pas parcouru plus de cinquante mètres sur le quai de l'Archevêché que Théodore attrapa brusquement son adjoint par l'épaule.
— Pierre, nous sommes suivis ! Ne te retourne pas.
— Pourquoi nous suivrait-on ? En es-tu sûr ?
— L'homme nous pistait déjà depuis la préfecture tout à l'heure. Je me suis fait la même réflexion que toi, mais voilà, je viens de me rappeler l'avoir aperçu l'autre soir quand je revenais de ma visite au clochard. Je suis pratiquement certain de l'avoir bousculé à ce moment-là. C'est le même individu.
— Que comptes-tu faire ?
— Marchons normalement. Quand nous arriverons au coin de Notre-Dame, je prendrai à droite par la rue Chanoinesse tandis que tu continueras sur la rue du Cloître-Notre-Dame. Dès que tu auras l'assurance de ne plus être vu, tu feras demi-tour et fileras discrètement notre espion. De cette manière, il sera piégé dans cette rue pas très large. Alors je me retournerai, faisant face à lui, tu te rapprocheras. Il ne peut nous échapper.

Ainsi fut fait et le suiveur pénétra dans la souricière. Théodore, qui connaissait bien l'endroit, avait choisi le passage le plus étroit, de sorte que l'homme n'eut aucune fuite possible. Ce que nos chats n'avaient pas prévu, c'est que le bras qui leur manquait leur ferait défaut. Quand il s'aperçut de la manœuvre, l'individu se figea, cherchant sans doute une issue. Il se retourna sur Pierre puis, soudainement, se lança sur Théodore qui ne put l'attraper que de la seule main dont il disposait. Cela ne fut pas suffisant. Il parvint à s'enfuir, laissant l'inspecteur à terre en se dégageant. Pierre se

précipita vers son supérieur qui se relevait déjà en criant, énervé :
— Quel imbécile ! Je ne suis qu'un idiot.
— Pas de bobo ?
— Mon amour-propre vient d'en prendre un sacré coup. J'aurais dû prévoir.
— Bah, tu as fait de ton mieux. Pourquoi ne l'as-tu pas menacé de ton arme ?
— C'est que je n'en ai pas !
— Tu n'as pas de revolver ?
— Il est bien rangé, dans le tiroir de mon bureau. Ces engins de mort me font horreur.
— Oui, mais, quand on est policier...
— J'ai tué suffisamment d'hommes sur les champs de bataille. Il n'est pas question que j'en bute un de plus.

Pendant que Théodore s'époussetait, Pierre avisa un objet brillant un peu plus loin. Le rapportant, il changea de conversation :
— Qu'est-ce que c'est ?
— Tu le vois bien, un étui à cigarettes !
— Avec un bout de tissu ! On dirait que tu as arraché la poche du veston de notre fureteur.
— Montre !
L'inspecteur examina attentivement la boîte avant de l'ouvrir. Une dizaine de cigarettes étaient soigneusement alignées à l'intérieur. Un autre détail attira son regard.
— Jette un œil : un prénom et une initiale. Klaus M.
— Klaus ? Pas courant. Un Anglais peut-être.
— Non, plutôt un boche.
— J'imagine mal un Allemand se baladant dans les rues de Paris.
— Un Alsacien ? De toute façon, ça ne nous avance pas beaucoup. Il y a en revanche un détail intéressant. Cet étui est en laiton ou en cuivre. Sais-tu ce qu'on appelle vulgairement l'artisanat des tranchées ?

Théodore ne laissa pas à son interlocuteur le loisir de répondre :
— Vois-tu, l'attente entre deux attaques était longue. Pour déjouer l'ennui, les poilus ont commencé à fabriquer une multitude d'objets à partir de la matière première que constituaient les douilles. Douilles de balles, douilles d'obus. Tu as très certainement devant les yeux un bel exemple de réalisation.
— Tout cela ne nous aide pas davantage.
— Détrompe-toi ! Notre homme était sans doute militaire ou proche d'un militaire.
— Comme une grande majorité de Français aujourd'hui.
— Tu as raison, je m'enflamme !
— Et les cigarettes ?
Pierre en sortit une de l'étui, la flaira, l'observa.
— Il y a une marque, dit-il. *Constantin, n° 84*.
— Inconnue ! Ça n'est pas français en tout cas.
— Anglaise ou allemande ?
— Possible. Notre fugitif est donc un étranger. Dommage que nous n'ayons pu le faire parler.
— Regarde, il y a une autre gravure sous les cigarettes.
Ils lurent *Douaumont, 25-2-16*.

Pour Pierre, c'était du charabia, pas pour Théodore. Il allait devoir expliquer au petit, comme il le surnommait parfois. La guerre, une fois encore. La guerre, toujours cette garce. Douaumont, il y était ! Il se souvient. Fin de l'hiver 1916. L'offensive allemande sur Verdun, la prise du fort de Douaumont, le repli de la ville en mars. Il y était. La boucherie. Le fer, le feu, la boue.
— Douaumont, finit-il par dire. C'est par là que les boches ont attaqué, frappant l'ouvrage fortifié en premier. Celui-ci fut conquis le 25 février 1916. Cet étui a été fabriqué par un Allemand, sans doute pour célébrer cette victoire. Ce fort, vois-tu, était tout un symbole.
— Mais pourquoi cet Allemand est-il après nous ? Est-ce en lien avec l'inconnu du parc Montsouris ?

— Viens, il n'y a pas une minute à perdre ! Courons à l'identité judiciaire pour nous faire dessiner le portrait-robot de cet agresseur, tant qu'il est frais dans notre mémoire.

4

— Inspecteur Méry ?
Théodore quittait la préfecture de police, s'apprêtant à apporter la réquisition d'autopsie falsifiée au médecin légiste quand une limousine s'était arrêtée devant lui. Le chauffeur en était sorti et l'avait accosté sur le trottoir.
— Oui, c'est moi, que me voulez-vous ?
— On vous demande dans la voiture.
— Qui me demande ?
L'homme demeura silencieux, se contentant d'ouvrir la portière en surveillant les alentours. Théodore grimpa dans l'imposante Rolls-Royce et s'assit face à un vieillard souriant.
— Pouvez-vous me pardonner cette invitation pour le moins cavalière ?
L'inspecteur venait de reconnaître son interlocuteur, il en resta bouche bée, incapable de lui répondre. Clemenceau ! Le Tigre !
— Ne soyez donc pas si impressionné, je vous prie. Il ne s'agit que d'une petite conversation entre deux hommes d'expérience.
— Bonjour, monsieur le président du Conseil, bafouilla Théodore. Je suis bien honoré de vous rencontrer.
— Peut-être pas pour très longtemps, rit Clemenceau derrière sa grosse moustache blanche. Il est possible, sinon probable, que vous sortiez de cette automobile fort marri. J'irai droit au but, vous savez que les heures me sont comptées. Je connais votre sens du devoir par vos supérieurs et je

constate même que vous avez, vous aussi, payé un lourd tribut à la défense de la nation.
Il avait prononcé cette dernière phrase avec un regard appuyé sur le bras manquant de Théodore. Celui-ci était habitué et ne s'en formalisait plus, pourvu que la pitié soit absente des yeux curieux. Que pouvait bien lui vouloir ce grand homme, celui qu'on surnommait le *Père la Victoire* ? Il ne se serait pas présenté lui-même si le sujet n'avait pas été d'importance. Le Tigre poursuivit :
— Je me vois malheureusement contraint de mettre à mal vos principes de policier.
Clemenceau parlait lentement, donnant le temps à Théodore de gamberger. Qu'on y vienne, bon sang !
— Vous avez enquêté au sujet d'un inconnu découvert mort au parc Montsouris.
On y est enfin !
— Cet homme est décédé par cause naturelle. Vos investigations doivent cesser.
L'inspecteur faillit s'étrangler. Clemenceau eut la sagesse de le laisser digérer ses dernières paroles. Ainsi, c'était ça ! Il aurait dû le deviner plus tôt. D'abord les ordres inexpliqués de son supérieur, puis l'Allemand à l'étui. Cela exhalait le grenouillage d'État. Sa colère explosa :
— Vous ne m'apprenez rien ! Le commissaire me l'a annoncé ce matin ! Alors quoi ? Croyez-vous que je me satisfasse d'une telle conclusion ? Je ne suis plus le biffin[1] qui n'avait qu'à obéir aux commandements imbéciles qu'il recevait, sans chercher à comprendre. Comme vous me l'avez dit, j'ai déjà donné et la moindre des politesses aurait été de m'expliquer les véritables raisons de cette intervention politique dans une enquête de police, somme toute tout à fait banale.
— Mais...
Théodore interrompit son interlocuteur et haussa le ton :

---

[1] Surnom donné aux fantassins.

— Je n'ai pas terminé ! Tout président du Conseil que vous êtes, et avec tout le respect que je dois à votre fonction, je vous annonce que la France a un inspecteur de moins à compter de maintenant. Vous pourrez classer ce dossier sans craindre qu'un trublion se rebelle. Je vous souhaite le bonjour.

Méry n'attendit pas la réponse de Clemenceau. Il se leva et sortit vivement de la limousine, plantant là son interlocuteur, abasourdi. Le chauffeur, qui s'engageait déjà pour le rattraper, fut interrompu par le Tigre :

— Laisse-le partir ! Tout de même, quel dommage de priver nos services d'un tel caractère ! C'est sans doute le prix à payer.

Tandis que la Rolls-Royce le ramenait au 8, rue Benjamin Franklin, l'homme d'État se remémora l'entretien houleux. Il aurait dû le retenir, lui donner au moins quelques détails. Georges Clemenceau se promit de le revoir, et peut-être même de proposer son intégration dans les brigades mobiles[1]. La France se devait de garder à son service cet homme capable de lui tenir tête, lui qui était craint pour ses féroces réparties.

* * *

La vitesse n'avait pas réussi à apaiser sa colère. Plus il pédalait, plus elle l'envahissait, à tel point qu'il dut faire halte à mi-chemin. Voyons, calme-toi. Après tout, ce n'est pas grave. Mais si, c'est grave, se répondit-il. C'est même dramatique ! Comment ont-ils osé ? Que vais-je faire maintenant ? Pas question de revenir en arrière ! Enquêteur privé ? Il aperçut la brasserie à deux cents mètres. Pas envie de rentrer de suite !

— Un bock.

Le serveur du bar de La Rotonde lui tendit une chope de bière tiède que l'inspecteur avala d'un trait.

---

[1] Les célèbres *Brigades du Tigre*, créées par Georges Clemenceau en 1907.

— Un autre.

Tout en sirotant ce deuxième verre, Théodore se prit à observer la faune qui traînait là. Ces peintres sans le sou qui effaçaient leur ardoise d'une toile, ces poètes ivres déclamant des vers à qui ne voulait pas les entendre, ces révolutionnaires russes aux allures de comploteurs. Le brouhaha le détendit. Et une idée germa, lentement mais sûrement.

— Donnez-moi deux kilos de rouge[1] et un carré de jambon.

— Pas possible, c'est une brasserie ici, pas une épicerie ! lui répondit le serveur.

L'inspecteur sortit sa plaque et la mit sous le nez du réfractaire, sans doute pour la dernière fois, pensa-t-il.

— Vous avez du vin ? Vous avez de la charcuterie ? Alors, préparez-moi un panier pique-nique !

— Bon, bon, vous énervez pas. Mais discrètement. J'voudrais pas que ceux-là vous imitent.

Le parc Montsouris n'était qu'à dix minutes en pédalant bien. Il s'assit sur le banc aux alentours de dix heures du soir. Il ne fallut pas plus d'un quart d'heure pour que le sommeil eût raison de lui.

Le réveil fut brusque et désagréable. Un quidam l'avait vivement secoué !

— C'est une manie ces jours-ci de vouloir me piquer ma place attitrée ? Allez, ouste, du balai !

— Je vous attendais.

— Ah, c'est toi ? Tu es finalement revenu. J't'avais pas détronché. Faut dire qu'y a pas d'lune ce soir. J'te préviens, si c'est pour décamper comme l'autre fois, tu peux filer maintenant.

— Non, non. Rassurez-vous.

— Tu ne me sembles pas dans ton assiette. Un problème ?

— Rien qui vous concerne. Avez-vous faim, Émile ?

---

[1] Terme employé par les ouvriers pour un litre de vin rouge.

— Ben oui, c'te question ! Et soif aussi.

Théodore sortit les bouteilles et le carré de jambon. Le clochard leva les mains au ciel.

— En voilà un qui a du savoir-vivre, digne fils de son père.

— Mon père, à propos, où est-il ?

— À l'hôpital de la Charité, j'espère.

— Avez-vous un doute ?

— J'voulais dire qu'il y est encore s'il a pas claboté[1].

— De quoi souffre-t-il ?

— Rien de particulier, il est juste usé, l'Kléber. Abîmé par une existence de combats et de privations. Tu sais, la vie d'anarchiste...

— On pourrait pourtant estimer qu'il a été privilégié si l'on considère les millions de gamins des deux camps, civils et militaires, qui sont aujourd'hui à six pieds sous terre.

— Ben dis donc ! Si c'est pour lui cracher dessus, vaut mieux calter !

— Il ne s'agit pas de ça. Je voudrais simplement le voir avant qu'il ne quitte cette terre. Je ne sais même pas de quoi je lui parlerai. Au revoir ? Adieu ? Peut-être une manière pour moi de faire la paix avec le passé.

— Et ta mère ?

— Partie. Elle a succombé à la grippe espagnole le 9 septembre 1918.

— Comme Apollinaire ! Quelle drôle de coïncidence !

— Drôle n'est pas le qualificatif qui m'est venu à l'esprit ce jour-là !

— C'était un sympathisant ! Tiens, veux-tu que je te récite une strophe d'un de ses poèmes ?

Émile n'attendit pas que son neveu par alliance répondît. Il se leva pour déclamer :

Et nus comme des dieux, débarrassés des lois,
Nous irons sur la route avec les anarchistes

---

[1] Mort (populaire, argot).

Et nous vaincrons d'amour la vie qu'on désaima.[1]

À peine eut-il terminé qu'il déboucha la seconde bouteille et la tendit à Théodore après avoir bu une large rasade.
— À Marthe et à Kléber.
— Quand irons-nous le visiter ?
— Tu iras seul, mon grand. Et si tu veux un conseil, ne lui dévoile pas ta qualité de policier. Il en a après cette engeance de salauds, comme il vous surnomme.
— Bah, je n'aurais pas besoin de lui mentir, je quitte le quai des Orfèvres dès demain.
— Comment ça, tu quittes la préfecture ? Est-ce à dire que tu désertes la rousse[2] ?
— Exact, je déguerpis, je fuis, je déménage. Je décampe, je décanille, je plie bagage.

L'alcool faisait son effet et les mots sortaient désormais sans contrôle. Le constatant, il se rappela brièvement sa mère lui conseillant de tourner sept fois sa langue dans sa bouche avant de parler. En faisait-elle seulement un, maintenant que le vin s'immisçait furtivement dans le moindre des petits vaisseaux qui irriguaient son cerveau ?
Il poursuivit sa litanie ; Émile le laissa se vider. Le vagabond avait bien décelé le mal-être de Théodore.
— Je me carapate, je me débine, je file !
— Et peut-on demander au déserteur les raisons d'une telle décision ? Par les temps qui courent, un travail comme ça, si on peut appeler ça un travail, on ne le trouve pas sous le sabot d'un cheval !
— C'est à cause de Clemenceau.
— Ce traître ?
— Traître ? Il vient de sauver la France !
— Parfaitement, traître. Je persiste, signe et contresigne. Il a abusé la Commune en simulant des négociations avec cet

---

[1] *L'ensemble seul est parfait*, Guillaume Apollinaire (1880 - 1918).
[2] Police (argot).

assassin de Thiers. Tiens, si la Vierge rouge[1] était encore de ce monde, elle pourrait t'en dire, des vertes et des pas mûres. Depuis près de cinquante ans, il ne cesse de naviguer entre les camps. Tantôt proche de l'un, tantôt du côté de l'autre, mais toujours à son avantage. Quant à avoir sauvé la France, je te trouve bien respectueux envers ce despote, cet étouffeur de la classe ouvrière, ce briseur de grève, ce tueur de vignerons[2]. À ce que je sache, il ne sortait pas des tranchées au moment où ses généraux commandaient l'offensive à outrance, quitte à ce que nos poilus se fassent dégommer par centaines de milliers. Et que t'a-t-il fait, ce grand homme, pour que tu envisages de quitter sa merveilleuse police ?

Silence. Le vieil anarchiste s'était tu, pourtant Théodore demeura perplexe. Il vida ce qui restait de la bouteille de vin d'un trait. Bien sûr ! Émile avait raison. Que faisait-il aux ordres de ce personnage d'un autre temps ? Dire que c'était lui qui menait les négociations à Versailles ! Que pouvait-il en résulter ?

Et puis, sans qu'il s'en aperçoive, ses réflexions le ramenèrent à l'enquête. Ses yeux se fixèrent sur les chaussures du clochard.

— Vous avez de bien beaux mocassins ! Ne me racontez pas que vos revenus vous permettent de vous les offrir.

— Insinues-tu que je les ai volés ? Ça m'étonnerait pas qu'tu restes flicard toute ta vie.

L'inspecteur ne protesta pas.

— C'est l'histoire d'un inconnu qui fut découvert mort sur un banc du parc Montsouris. Cet homme...

Un petit quart d'heure plus tard, Théodore conclut :

— Voilà, vous savez tout.

— Eh ben mon gaillard, en v'là une affaire ! Tu vois bien que j'les ai pas barbotées. Emprunter à un gazier[3] qui n'en aura plus l'utilité, c'est pas un larcin, tout juste un échange

---

[1] Surnom que l'on donnait à Louise Michel durant la Commune.
[2] Allusion à la répression de la révolte des vignerons de 1907.
[3] Personnage (populaire).

de bons procédés. En plus, elles sont trop grandes pour mes pieds plats. C'est qu'il faisait au moins du 44, ton macchabée !
— Du 43, ça vous irait ?
Émile resta coi pendant que Théodore se déchaussait.
— Ce sont d'excellentes bottines, beaucoup plus résistantes que ces ballerines pour homme. Je viens de les faire ressemeler.
— Ben j'dis pas non. Mais que vas-tu me demander en échange ?
— Vos mocassins évidemment. Je ne peux tout de même pas repartir les pieds nus ! Au fait, avez-vous emprunté autre chose à ce généreux inconnu ?
— T'es sûr que tu vas quitter la maison poulaga[1] ? Parce que j'te trouve bien soupçonneux d'un seul coup. Tu s'rais pas en train d'm'embrouiller pour me sortir les vers du nez ?
— Non, c'est fini. Seulement, comme je vous l'ai dit, j'en ai fait une affaire personnelle. Alors ?
— D'accord, j'ai bien récupéré une belle casquette à carreaux, mais j'la porte pas, vu qu'y fait bon en c'moment. J'la garde pour les premiers froids. Celle-là, j'te la donne pas !
— Puis-je la voir ?
— Attends, elle est au fond d'ma charrette.

Émile fouilla dans le bric-à-brac et finit par mettre la main sur le couvre-chef. Il la tendit à Théodore.
— La voilà ! J'ai bien cru que j'la r'trouverai jamais dans tout c'fatras.
L'inspecteur l'examina sous toutes les coutures et s'écria :
— Un Allemand ! Encore un Allemand ! Regardez.
Ce qui semblait être la référence du chapelier apparaissait sous le bord arrière.

---

[1] Un 1871, la préfecture de police s'installe sur l'île de la Cité à l'emplacement d'un ancien marché aux volailles. Il ne faudra pas beaucoup de temps aux Parisiens pour que, de volaille à poulet, de poulet à poulaga, la police parisienne devienne la *maison poulaga*.

G. Ph. Nieder - Friedrichstraße 37 - Berlin

— Tu peux la garder ! Pas question que j'me promène avec une casquette boche sur le crâne, cria Émile dès qu'il eût fait le même constat.

Théodore était encore affairé à l'auscultation et ne réagit pas. La doublure arrière était décousue sur près de trois centimètres. Il glissa un doigt à l'intérieur et détecta un morceau de papier qu'il retira et déplia. Une phrase lapidaire.

Parc Montsouris. 23 h. Venez seul.

Son flair d'enquêteur reprit le dessus. Concours de circonstances ? Certainement non. La mort de cet inconnu ne pouvait être naturelle. Ce rendez-vous mystérieux ne pouvait être qu'un piège. Mais alors, comment était-il passé de vie à trépas ? Il se rappela soudain la fausse réquisition d'autopsie qu'il avait rédigée la veille, avant le tête-à-tête imposé par Clemenceau. Devrait-il avouer la vérité de sa démission au médecin légiste ?

Émettant un long bâillement, Émile interrompit brusquement ses spéculations :

— C'est pas que j'voudrais t'éconduire, mais y est l'heure d'piquer un roupillon.

— C'est ma foi vrai, répondit Théodore en regardant le cadran de sa montre-bracelet. Il est plus de deux heures du matin. Pardonnez-moi, je n'ai pas vu le temps passer.

— Y a pas d'mal. Reviens me visiter quand t'auras un moment. La solitude, comprends-tu, ça m'pèse. Tu pourras m'tenir au courant de l'évolution de ton affaire et, si ça s'trouve, y aura peut-être un service à te rendre. Tu sais où m'dénicher !

L'inspecteur se leva et salua le bonhomme d'une franche poignée de main :

— Pourquoi pas, Émile. En attendant, faites bien attention à vous.

* * *

— Voilà, voilà. Vous avez vu l'heure ?
Pierre Rambourd passa un peignoir avant de s'engager dans le couloir.
— C'est pour quoi ?
— C'est moi, Pierre.
— Moi qui ?
— Théodore. Peux-tu m'ouvrir, s'il te plaît ?
Le jeune adjoint ronchonna en entrebâillant la porte :
— Six heures !
— Pardonne-moi. C'est important. Tu es seul ?
— Rassure-toi, personne dans mon lit cette nuit. Entre.

Pendant que Pierre préparait le café, Théodore lui expliqua la raison de cette visite si matinale. Sa démission, les Allemands et même son père.
— Et maintenant ? le questionna son hôte.
— Je n'ai d'autre choix que de terminer cette enquête, pour mon compte.
— Je ? Ainsi, tu me laisses tomber ! T'es-tu seulement demandé ce que j'allais devenir à la préfecture sans toi ? Qui voudra d'un demi-manchot pour adjoint ?
— Il faudra pourtant bien que tu t'y fasses ! Tu es jeune, l'avenir est devant toi. Je n'ai eu qu'à me satisfaire de ton travail et je suis certain que tu te feras une belle place dans notre police parisienne. Et puis...
— Et puis ?
Théodore sirota le breuvage chaud et amer que lui avait tendu Pierre avant de poursuivre. Pierre s'impatienta :
— Et puis ?
— J'ai besoin de toi à l'intérieur de la préfecture.
— Je commence à comprendre. Espion ?

— N'exagérons rien, informateur serait plus juste. Messager également.
— Je préfère ça ! À ce compte-là, je suis ton homme. On débute par quoi ?

Théodore s'amusa de l'impatience et de l'ardeur de sa jeune taupe, malgré un réveil précoce. Ayant décidé de ne pas rentrer chez lui après avoir quitté Émile, il avait passé le restant de la nuit à la Rotonde, réfléchissant au milieu des noctambules avinés et des gourgandines en mal de client. Premièrement, porter la réquisition d'autopsie au médecin légiste. En plus de cette mission de coursier, Pierre devrait se faire ambassadeur pour convaincre le destinataire d'exécuter un commandement falsifié par un policier démissionnaire. En second lieu, il lui fallait récupérer la liste des appels et signalements qu'avait nécessairement provoqués la publication du portrait de l'inconnu dans la presse.

— Je compte évidemment sur une extrême discrétion. Personne ne doit soupçonner notre connivence. Nous ne nous retrouverons que dans une place neutre, une brasserie par exemple.
— Et en cas d'urgence ?
— J'ai réservé une chambre dans une pension de famille dont voici l'adresse. Envoie-moi un petit bleu[1] codé.
— La clef ?
— Je ne sais pas, choisis !
— Empailleur, ça nous évoquera notre première rencontre.
— Va pour empailleur. Pour la brasserie, rendez-vous ce soir à 20 heures chez Zeyer, rue d'Alésia.
— Ce n'est pas la porte à côté !
— C'est que je ne préfère pas traîner dans les endroits que je fréquente habituellement, à commencer par mon appartement. Je vais devoir déménager quelque temps.
— Et de quoi vivras-tu, sans appointement ?

---

[1] Message envoyé par pneumatique.

— En attendant une éventuelle prime de démobilisation, j'ai touché un petit pécule de 500 francs pour mon bras, ça devrait me permettre de tenir deux mois, trois si je fais attention. Une dernière chose. Assure-toi en permanence de ne pas être suivi. Rappelle-toi l'individu qui nous a échappé à la sortie de la morgue.

— À tes ordres !

5

— Alors, petit, on vient rendre visite à son vieux père ?

Après avoir laissé Pierre à ses fantasmes d'espion, Théodore était repassé chez lui pour dormir quelques heures et prendre quelques affaires. Il emménagea ensuite dans une chambre miteuse de la pension de famille avant de se rendre à l'hôpital de la Charité. Ces kilomètres à traverser Paris à bicyclette lui avaient fait le plus grand bien et c'est rasséréné qu'il entra dans la salle Boyer. Bizarrement, il se dirigea sans hésitation vers le lit du dénommé Kléber Duchamp. Celui-ci somnolait et ne fut pas plus surpris quand, entrouvrant les yeux, il distingua l'homme qui le regardait.

— Émile m'avait bien dit qu'il ferait son possible. Je constate avec satisfaction qu'il a fait bien plus. Approche.

Théodore obéit, tel un enfant. Le malade était d'une maigreur à faire peur, le visage émacié et presque transparent. Il se redressa en gémissant.

— Eh bien, on ne souhaite pas le bonjour à son paternel ?
— Bonjour Kléber.
— Ah, je vois ! Je te comprends. Te retrouver en face d'un inconnu qui se prétend ton géniteur, j'imagine que ça doit faire un choc.
— Pourquoi ?

Le fils présumé n'y alla pas par quatre chemins. C'était la seule question qui le taraudait.

— Que veux-tu que je t'explique ? murmura le vieil homme.
— Pourquoi m'avez-vous abandonné ?

Enfant, Théodore n'avait jamais douté de la parole de sa mère lorsqu'elle lui décrivait un père aventurier, parcourant les océans et les lointaines contrées. Il avait six ans quand elle l'avait amené à l'exposition universelle[1]. Outre l'émerveillement ressenti à chaque pavillon, il avait surtout été impressionné par ce que l'affiche nommait le *zoo humain*[2]. Un village nègre avait été reconstitué, hébergeant plusieurs centaines d'indigènes. Il se rappela avoir imaginé son père dans la plus grande des cases, comme le roi du peuple noir. Sa mère ne l'avait pas démenti.

C'est à l'aube de l'adolescence qu'il avait commencé à pressentir la vérité. Puis un jour, la voyant triste, une gazette à la main, il avait lu l'article qu'elle déchiffrait avec difficulté. On y parlait de l'arrestation d'un groupe d'anarchistes mené par un certain Zo d'Axa[3]. Pour se moquer de la IIIe République, celui-ci avait promené son âne dans la capitale, invitant les Parisiens à voter pour son *bourriquet*. La police avait fini par mettre fin au canular, en embarquant les protagonistes. Théodore n'avait pas compris pourquoi cette blague mettait sa mère dans un tel état, la jugeant plutôt drôle. Elle lui avait montré un homme sur la photo en tête de l'article.

— Ton père !

Son père ! Ce fut pour lui l'unique occasion de voir ce visage anguleux, barré d'une large moustache. Elle lui avait avoué ses mensonges. Son père l'avait quittée alors que son fils ne marchait pas encore. Envie d'aventures, de politique, lui avait-elle dit. Il revenait à l'occasion pendant les premiers temps, toujours à l'improviste et parfois avec un peu d'argent. Cela n'avait pas duré. Sa vie n'était faite que de fuites, d'emprisonnements, de manifestations, de séjours plus ou moins longs en planques. Seuls comptaient pour lui ses

---

[1] Exposition universelle de 1889.
[2] Le zoo humain était malheureusement très en vogue jusqu'aux années 1920.
[3] Alphonse Gallaud de La Pérouse, dit Zo d'Axa (1864-1930). Individualiste libertaire.

compagnons et le combat qu'ils menaient. Elle avait donc régulièrement épluché les quotidiens pour tenter d'avoir quelques nouvelles de celui qu'elle n'avait pourtant cessé d'aimer. La question n'avait plus été évoquée depuis cette photographie. Théodore n'avait plus de père, comme tant d'autres.
— Comment puis-je justifier l'injustifiable ? répondit l'homme alité. Il n'y a pas grand-chose à dire.
Théodore resta silencieux, forçant son interlocuteur à poursuivre. Vieille technique d'interrogatoire.
— J'aimais ta mère et j'ai sincèrement tenté de me caser. Seulement, la lutte m'a vite manqué. on arrivée n'a fait que différer la décision que j'avais déjà prise de repartir vers mes engagements. Il a suffi d'un emprisonnement de quelques mois pour que je coupe totalement les ponts, n'osant plus me présenter devant elle. Le temps a passé et je n'ai pas pu me résoudre à venir m'expliquer face à toi. C'était trop tard.
Silence. Le vieillard ferma les yeux. Dormait-il ?
— C'est tout ? C'est tout ce que vous avez à me dire ? hurla Théodore.
Une infirmière s'avança et le prit par la manche.
— Il faut le laisser maintenant, vous voyez bien qu'il est fatigué. Ne tardez cependant pas à revenir, au risque de trouver ce lit vide.

***

— Pour qui se prend-il ?
Pierre recula face aux hurlements du commissaire Vandamme. Pendant que Théodore visitait son père, son jeune collègue avait présenté la lettre de démission qu'il lui avait remise. Il était prévenu d'une pareille réaction et attendit que l'acrimonie du policier en chef retombe.
— Eh bien, poursuivit l'encoléré à la face rubiconde. Avez-vous perdu votre langue ? Un ordre est un ordre. Si tous mes subordonnés agissaient ainsi, ça serait un vrai

capharnaüm. Les malfaiteurs et les criminels s'en donneraient à cœur joie.
Pierre tenta une remarque, rapidement rompue :
— Oui, mais…
— Pensez-vous que nous l'aurions gagné, cette foutue guerre, si la hiérarchie n'avait pas été respectée, les commandements bafoués ?
Le jeune homme se rappelait ce que lui avait décrit Théodore. Des tactiques désastreuses, des ordres en dépit du bon sens. Et des morts. Et les planqués. Il insista :
— Il ne s'agit pas de cela. Mon ami ne comprend pas l'intrusion d'un personnage politique, aussi important soit-il, dans les affaires de police.
— Il suffit, maintenant ! L'enquête au sujet de l'inconnu du parc Montsouris est close. Aux archives ! Vous allez rassembler toutes les pièces et les mettre au rencart.
Pierre n'en demandait pas tant. Dans ces dossiers, il allait trouver les signalements faits après la publication de la photographie dans les journaux.
— Allez, fissa ! Et quand vous en aurez terminé, vous verrez Germain, le policier à qui je vous affecte. Avec lui, plus un pas de travers.
L'inspecteur stagiaire n'avait pas touché la poignée de la porte que le commissaire, un peu calmé, l'interpella :
— Et pour Méry, signifiez-lui que sa démission lui est refusée. Je lui donne un mois de congé spécial, sans solde évidemment. Après quoi, j'ordonne qu'il réintègre le service.

S'il rassembla les documents dans une sacoche, il ne la descendit pas aux archives, prévoyant de l'apporter à Théodore le soir même, à l'endroit convenu. Il avait une autre mission : porter la réquisition au médecin légiste. Théodore y avait joint un court message.

Cher Docteur,
voici l'ordre qui vous permettra de procéder. Vous me voyez désolé de ne pas vous l'apporter moi-même, mais il s'est produit un

petit contretemps : je viens de démissionner de mon métier de policier. Puis-je vous demander malgré tout de mener à bien l'autopsie en question ? Il y a tout lieu de croire que la mort n'est pas naturelle. Vous aurez tous les éclaircissements très prochainement. Merci.

Théodore Méry

— Contretemps ! Comme il y va ! Mais à qui vais-je adresser mon rapport ?
— À Théodore Méry évidemment, dit Pierre.
— Vous savez bien que c'est interdit !
— Écoutez, docteur, si vous acceptez de réaliser cette autopsie tout en n'ignorant pas que cette réquisition est un faux, que vous importe d'en donner le résultat à l'inspecteur ?
— Ex-inspecteur !
— Voilà ce que je vous propose. Vous garderez le rapport par-devers vous, mais m'en communiquerez un résumé anonyme que je lui transmettrai. Ainsi, vous ne pourrez être mis en cause si, par une grande malchance, celui-ci venait à être découvert.
— Soit ! On peut dire que vous avez une belle force de persuasion. Et puis, je l'aime bien votre inspecteur, malgré ma difficulté à comprendre tout à fait ses motivations.
— Parfait !
— Et après ça, je confie le corps aux croque-morts !
— Quand pensez-vous terminer ?
— Le plus tôt sera le mieux. Votre inconnu est ici depuis plusieurs jours déjà et il ne faudrait pas que les chairs s'altèrent au point qu'il me serait impossible de parvenir à un résultat probant. Je me priverai de déjeuner ce midi pour vous satisfaire. Repassez à 17 heures.
— Merci infiniment.

* * *

— Alors, petit, on rêvasse ?

Arrivé en avance à la brasserie pour s'assurer de leur tranquillité, Pierre finissait par s'impatienter. L'excitation et la fierté qu'il ressentait après avoir mené à bien ses missions retombaient.

— Ah ! Théodore. Tu as du retard, je commençais à m'inquiéter.

— Toutes mes excuses, mon ami, un rendez-vous qui s'éternisait.

— Une donzelle ?

Théodore ne releva pas. Non, ce n'était pas une femme. Il se rembrunit même en se remémorant Domitilde, leur longue étreinte, alors qu'il poireautait sur le quai de la gare dans l'attente du train pour l'enfer. Domitilde. Domitilde qui n'avait su attendre son retour. Domitilde qui n'avait plus répondu à ses lettres. Domitilde.

— Alors ? s'impatienta le jeune adjoint.

Cela sortit l'inspecteur de sa torpeur. Ayant appris que le professeur Calot[1] de Berck était en conférence à Paris, il avait décidé de se présenter à l'une des consultations que cet éminent chirurgien tenait à l'intention des mutilés de guerre.

— Non, un bras !

— Un bras ?

— Une prothèse si tu préfères, mais en on aura le temps d'en parler plus tard.

Pierre ne répondit pas. Lui aussi était bien tenté par cet appareil. Il faudrait que Théodore lui en dise plus.

L'inspecteur attendit que le serveur ait noté la commande, un bourguignon accompagné d'un rouge d'Anjou bien frais. Il reprit :

— Alors ? L'inconnu ?

— Missions accomplies, chef ! Voici d'abord le dossier complet avec les signalements.

— Bravo ! Nous verrons si cela nous apporte quelque indice. Et l'autopsie ?

---

[1] François Calot (1861 – 1944). Chirurgien spécialisé en orthopédie.

Pierre fit mine de ne pas entendre.
— L'autopsie ? Es-tu devenu sourd ?
— Non, je souhaitais seulement me faire un peu prier car quand tu liras le résultat...
— Donne !
Le compte-rendu du médecin était très succinct et anonyme, comme l'avait proposé Pierre.

Curare.
Très petite plaie à la base de la nuque suggérant le point d'impact d'une aiguille.

— Je le savais, hurla Théodore, interrompant ainsi les conversations des clients de la brasserie.
— Doucement, le sermonna son interlocuteur. N'oublie pas que nous sommes censés être très discrets.
— Aiguille ou fléchette ? Je pencherais pour la seconde et entrevois déjà le scénario. L'assassin attire sa cible par un billet de rendez-vous, sans doute pour lui faire une révélation. L'inconnu prend place sur le banc, dans sa ligne de mire. Un souffle vif dans la sarbacane et, moins d'une minute après, l'affaire est faite.
— Fichtre ! Et la fléchette ?
— Bah, de deux choses l'une. Ou le tueur l'a retirée, ou elle est tombée quand le vagabond a bousculé le corps. Ce qui est certain, c'est que je ne l'ai pas vue lorsque je l'ai examiné. Nous avons une chance infime de la retrouver. On n'est pas loin de l'expression *une aiguille dans une botte de foin* ! Il faudra fouiller le sol autour du banc, mais sans grand espoir. Je m'en chargerai.

La cocotte de bœuf bourguignon fumante les détourna de leurs réflexions. Théodore fit le service. Le vin presque glacé les désaltéra. Entre deux bouchées, Pierre revint à la prothèse :
— Alors, cette prothèse ! Pourquoi ?
— Je vais prochainement avoir besoin de deux mains.

— Faut-il que je te fasse cracher le morceau ? Allez, dis-moi tout.
— Bon, ne t'énerve pas. J'ai acheté une motocyclette.
— Quoi ? s'étouffa le jeune homme.
— Une *Indian Powerplus*, seize chevaux !
— Tu vas te tuer ! Où as-tu dégoté cet engin de mort ?
— Un sergent américain, garde au dépôt des stocks américains de Puteaux, qui a une combine. Crois-moi, je l'ai eue à un tarif défiant toute concurrence. Quant à la camarde, si elle n'a pas voulu de moi dans les tranchées, j'ai bon espoir qu'elle me laissera tranquille un moment encore.
— Une motocyclette ! Et tu penses que ton bras factice sera suffisant pour la mener ?
— C'est pour cette raison que je désirais rencontrer ce médecin, un crack dans son domaine. Il m'a assuré que cela ne posait pas de problème. Lui-même possède un engin du même genre et m'a promis qu'avec quelques modifications, la machine répondra à la moindre de mes sollicitations.
— Tu aurais pu choisir une mécanique plus adaptée, un side-car ou un cyclecar[1]. As-tu au moins déjà piloté une motocyclette ?
— Es-tu ma mère pour me chapitrer ainsi ? Un ami m'avait fait essayer sa bécane avant la guerre, une Magnat-Debon à fourche télescopique et suspension arrière. Quatre fois moins puissante !
À peine avait-il prononcé ces mots que Théodore s'assombrit de nouveau. Sa mère ! Huit mois déjà que la grippe qu'on disait originaire d'Espagne l'avait cueillie. Quelques jours avaient suffi pour qu'elle rende son dernier souffle. Chose bizarre, cela s'était produit à l'hôpital de la Charité. Était-ce dans le même pavillon ?
Pierre ne s'était pas rendu compte de ce changement d'humeur. Il revint au sujet principal :
— Que faisons-nous maintenant ? Retournons-nous voir le commissaire ?

---

[1] Véhicule léger à trois roues, deux devant et une à l'arrière.

— Tu n'y penses pas ! Les services de Clemenceau savent que cette mort n'est pas naturelle. Seulement, pour des raisons que j'ignore encore, mais que je me fais fort de découvrir, ils veulent en cacher le caractère véritable.
— Quelle sera ma prochaine mission ?
— Je n'ai pas de réponse à te fournir dans l'immédiat. Pour l'instant, contente-toi d'obéir à Germain. Il n'est pas le plus drôle des hommes, mais, contrairement à bien d'autres, il est sérieux et rigoureux dans son travail. De plus, lui aussi a fait partie de la grande famille des poilus, ce qui pourra peut-être nous être utile. Même si cela te semble rébarbatif, console-toi en considérant que cet intermède participe à ton éducation policière.
— Intermède ? Cela signifie-t-il que tu vas réintégrer la préfecture ?
— Passé la colère du moment, ma décision n'est plus autant arrêtée. Le commissaire m'a donné un mois, je le prends. À commencer par l'étude du dossier que tu m'as apporté. Veux-tu une eau-de-vie avant de rentrer ?
Sans attendre la réponse, il commanda deux calvas. Il les sirota longuement après le départ de Pierre qui avait décliné l'offre. Il s'en fit servir un troisième.

Minuit avait sonné depuis un bon moment lorsqu'il sortit de la brasserie, pas tout à fait saoul, mais suffisamment gris pour ne pas se risquer à grimper sur sa bicyclette. Il le tint donc par le guidon pour regagner son immeuble. Théodore n'avait pas l'ivresse gaie. Pourquoi avait-il fallu qu'il boive autant ? À son retour des tranchées, il s'était pourtant promis la modération. Il est certain que le mauvais alcool, dont lui et ses compagnons d'infortune s'abrutissaient juste avant l'assaut, était devenu au fil du temps et des attaques un remède indispensable contre la désespérance. Une tête embrumée ne réfléchit plus. Et s'il n'y avait eu ce long séjour à l'hôpital qui l'en avait désintoxiqué, sans doute serait-il aujourd'hui un de ces boit-sans-soif qui hantaient bars et bistrots malfamés, de la capitale jusqu'aux villages les plus reculés. Ils étaient certes vivants, mais brisés, perdus pour ne pas dire vidés de l'intérieur. Replongeait-il dans cet abîme sans fond ?

Non ! Il devait se reprendre, achever la mission qu'il s'était confiée. L'inconnu du parc Montsouris devait retrouver les siens, au nom de tous les anonymes ensevelis sous des tombereaux de glaise.

Une fontaine, vite ! Celle du square Bardinet-Jacquier fit l'affaire. Il en repartit trempé jusqu'aux os, mais requinqué.

Théodore ne dormit pas cette nuit-là, occupé qu'il était à l'étude du dossier transmis par Pierre.

6

— J'ai besoin de toi !
C'est devant le numéro 45 de la rue des Couronnes que Théodore avait rendez-vous avec celui qu'il avait contacté à son lever.
— Tu pourrais me souhaiter le bonjour, tout de même.
— Salut l'apache[1]. Pourquoi cet endroit ?
— Sais-tu où nous sommes ?
— À Belleville.
— Mais plus précisément ?
L'inspecteur ne répondit pas, ne voyant pas où son interlocuteur voulait l'amener.
— Langue au chat ? Nous sommes à l'emplacement du *Cabaret des pistolets*, là où fut arrêté Cartouche[2].
— Cartouche ?
— Laisse tomber ! Nous n'avons pas les mêmes valeurs. Cartouche, un brigand qui prenait aux pauvres pour donner aux riches[3].
— Je comprends mieux. Comme un Robin des Bois ! Dois-je entendre que tu es l'un de ses admirateurs ?
— Laisse tomber, j'te dis ! Tu sais bien que les apaches ont été décimés par la guerre, et que ceux qui restent font ce qu'ils peuvent pour ne pas crever.

---

[1] Apache est un terme générique qui sert à désigner des bandes criminelles du Paris de la Belle Époque.
[2] Louis Dominique Cartouche (1693-1721), brigand et chef de bande.
[3] Il s'agit d'une légende, bien que le bandit ait fait preuve à plusieurs reprises de compassion envers des commerçants ruinés.

— Exactement comme les honnêtes gens !
— Bon, ça va comme ça ! Qu'attends-tu de moi ?

Après avoir raconté en détail l'histoire de l'inconnu, Théodore poursuivit :
— J'ai bien réfléchi. Me cacher ne sert à rien, bien au contraire. Je dois débusquer celui ou ceux qui me filent. Je suis persuadé que c'est par eux que je connaîtrai le fond de l'affaire. Il me faut me montrer, les provoquer. C'est pour cette raison que j'ai besoin d'un garde du corps qui repérera ces suiveurs et m'aidera à les identifier.
— Rien que ça ! Et qu'ai-je à y gagner ? Je te reste reconnaissant du petit service que tu m'as rendu avant-guerre quand tu m'as laissé filer, mais ne crois pas que je te serais redevable ma vie entière.
— Ce que tu nommes un petit service n'est rien d'autre que le fait de t'avoir évité au bas mot cinq ans de bagne ! Cayenne[1], ce n'est pas une villégiature. Il serait plus juste de parler d'un grand service. Je ne l'ai fait que parce que je t'ai vu te mettre en travers d'un de tes comparses qui voulait buter un bourgeois. Disons que tu seras quitte après ça.
— Ça marche ! Après tout, pour un cogne[2], t'es pas si mauvais. J'peux même dire que j't'ai à la bonne. Tout de même, œuvrer pour les poulets, ça ne va pas améliorer ma réputation. Ça doit rester entre toi et moi.
— Évidemment. D'autant plus que je suis en disponibilité et que je ne suis pas censé m'intéresser à une affaire qui est classée.
— Et je commence quand ?
— Quelle question ! Immédiatement bien sûr.
— Une description des individus ?
Le portrait-robot ! Il avait négligé d'en récupérer la version définitive.

---

[1] Bagne français en Guyane.
[2] Policier, en argot.

— Rien de plus que ce que j'ai pu te dire tout à l'heure. Je fais confiance à ton expérience et à ton flair de filou pour le ou les repérer. Au fait, ne penses-tu pas que je devrais connaître ton vrai patronyme ? À part l'apache ou Maurice de Belleville, j'ignore ton nom.
— Faudra pourtant t'en contenter. Mon blaze, je l'ai oublié comme j'ai enfoui le souvenir de la misère de ma jeunesse au fond de ma calebasse.

Le soir même, quand Théodore réintégra son petit appartement après avoir pris congé de la pension de famille, il ne fut pas surpris de constater qu'il avait subi une fouille en règle. Cela ne fit que le conforter dans sa décision.

* * *

Trois jours plus tard, à la fin de l'après-midi, Théodore avait donné rendez-vous à Pierre quai de Javel. Tel un conspirateur, il ne dit mot avant d'avoir ouvert la porte d'un garage. Et c'est fier comme un enfant montrant un boulard[1] gagné dans la cour d'école, qu'il s'adressa enfin au jeune homme :
— Alors ? Qu'en penses-tu ?
— Ça alors ! Quel engin ! C'est la tienne ?
— Évidemment ! J'ai trouvé cette remise provisoire sur le site de cette manufacture à munitions. Il paraît qu'un constructeur d'automobiles va la transformer pour en faire son usine de production. André Citroën, si je me rappelle bien.
— Tu l'as ramenée de Puteaux ?
— Non, il me faut tout d'abord la faire adapter et ensuite obtenir mon certificat de capacité[2]. Tu as vu ce moteur ! Plus d'un litre de cylindrée.
— Je dois t'avouer toute mon ignorance en la matière. C'est beaucoup ?

---

[1] Très grosse bille (jusqu'à 45 mm de diamètre).
[2] Ancêtre du permis de conduire créé en 1922.

— Une des plus grosses motocyclettes actuelles !
— Tu es fou.
— Je pars à Berck dans deux jours.
— Combien de temps ?
— Sans doute une petite semaine. J'ai revu hier le professeur Calot avant qu'il ne regagne son cher institut. Même s'il est plutôt chirurgien, il m'a promis la mise en place d'une prothèse provisoire.
— Et l'inconnu ?
— Si nous allions souper pour en parler ? Il y a derrière la gare de l'Ouest[1] un bistrot qui donne à manger le meilleur petit salé que j'ai jamais dégusté. Tu m'en diras des nouvelles !
— Va pour des lentilles ! Mais, sans caillou, j'espère !
— Fais-moi confiance, petit.

* * *

— Alors, ta nouvelle affectation ?
Installés à la terrasse du cabaret, les deux hommes se régalaient, d'autant plus qu'ils avaient accompagné le plat avec un petit rouge de Gaillac, frais à souhait.
— Franchement, je m'emmerde. Avec Germain, on enquête sur un vol de sac à main d'une rombière du seizième. Elle a remué tout le commissariat jusqu'à ce que Vandamme cède et appelle Germain. Autant te dire qu'elle ne le retrouvera jamais. On se contente d'arpenter les rues du quartier de la Goutte-d'Or à la recherche d'un gamin ressemblant à la vague description qu'elle nous en a faite.
— La Goutte-d'Or ? Que va y faire la préfecture, pour un vulgaire réticule ? C'est plutôt le rôle du commissariat de quartier.
— Il paraît que son bourgeois de mari connaît du monde. Germain a eu beau râler, Vandamme l'a vertement sermonné devant la dame. Pas le choix.

---

[1] Aujourd'hui, la gare Montparnasse.

— Et pendant ce temps-là, les vrais bandits s'en donnent à cœur joie !
— Et toi ? Ton enquête ?
— Rien dans le dossier que tu m'as transmis, alors j'ai changé de stratégie. Tu vois le gamin sur le trottoir d'en face, faisant mine de jouer aux osselets ? C'est mon garde du corps !
Abasourdi, Pierre ne réagit pas sur l'instant. Théodore était-il réellement dérangé ? Cette affaire lui tapait-elle sur le ciboulot ? Il regarda encore l'enfant avant de répondre :
— Cet enfant dépenaillé ? Ton garde du corps ?
— Apprends qu'il ne faut jamais se fier à son premier sentiment. Ce gosse n'est autre que le neveu de Maurice.
— Maurice ?
— L'apache, si tu préfères. Cela fait trois jours que lui et ses jeunes auxiliaires se relaient à ma filature. Trois jours que je me montre autant que je peux, espérant que notre fureteur de la semaine dernière se dévoile.
— Et que fera ce moutard s'il le fait ? Comment pourrait-il te défendre face à un adulte qui nous a prouvé ses capacités ?
— Il ne s'en est pris à moi que parce qu'il n'avait pas d'alternative. Je ne crois pas qu'il le refasse. Dès qu'ils l'apercevront à mes guêtres, l'espion deviendra l'espionné. Je suis persuadé que c'est par lui que nous pourrons avancer dans l'identification de l'inconnu.
— N'oublie pas que le quidam a été assassiné ! Ta vie sera peut-être menacée.
— Je ne l'oublie pas et sois assuré que, le jour venu, le criminel paiera. Pour l'heure, rien ne prouve que cet homme soit celui-là.
— Mais pourquoi en fais-tu une affaire personnelle ? Il y a certainement des dizaines d'anonymes qui meurent chaque année dans les rues de notre capitale. Pourquoi lui ?
— C'est comme ça ! Je t'en ai déjà expliqué la raison. Il n'y a pas à revenir là-dessus.

— Tout de même, l'apache. On ne peut pas dire qu'il ait la probité qu'impose un emploi d'auxiliaire de police, bien au contraire.

— Il ne travaille pas pour l'administration, mais pour ma personne. Et détrompe-toi, sans les indicateurs, des voyous pour la plupart, peu d'enquêtes aboutiraient. Nos services ont grandement besoin d'informations, et qui les détient selon toi ? Demande à Germain s'il n'a pas quelques balances dans ses relations. Alors lui ou un autre ! Rappelle-toi qu'il nous a bien aidés à retrouver l'empailleur il n'y a pas si longtemps.

— Soit ! Te reverrai-je avant ton départ pour la Côte d'Opale ?

— Sans doute pas, à moins bien sûr d'un évènement imprévu. À ce propos, j'exige le secret le plus absolu. Personne ne doit savoir où je suis. En cas d'urgence, téléphone discrètement à l'hôpital.

7

— Comme je vous l'ai dit lors de notre entrevue à Paris, je n'ai pas la prothèse pour spécialité, étant avant tout chirurgien. Cependant, ayant exercé la fonction de médecin-chef de trois hôpitaux militaires durant la guerre, la reconstruction est un domaine qui m'intéresse au plus haut point. J'ai rencontré, et rencontre encore, tant d'individus démolis. Le professeur François Calot s'exprimait de façon claire avec un accent de fermeté qui traduisait une forte personnalité. Théodore l'écoutait sans l'interrompre.

— Et puis votre demande m'a ému, je dois l'avouer. Étant passionné par la motocyclette, je me vois presque dans l'obligation d'apporter mon soutien à un futur adepte du deux-roues motorisé. J'ai bien étudié les comptes-rendus et radiographies que vous avez bien voulu me confier et confirme mon diagnostic. D'ici quelques jours, un nouveau bras aura poussé à l'extrémité de votre coude. Seulement, je dois vous prévenir qu'il ne s'agira que d'une prothèse temporaire. La définitive, sur mesure et idéalement ajustée, ne sera disponible que dans plusieurs mois. Vous devrez vous contenter durant cette période d'un bras articulé terminé par une pince trois prises.

Les jours de la semaine s'écoulèrent finalement plus vite qu'il ne l'avait craint. Le professeur avait préparé le bras artificiel avant son arrivée et confia Théodore au service des amputés. Les patients qu'il y croisait, pour la plupart des hommes, étaient tous des mutilés. En fauteuil roulant, sur béquille ou sur une civière, ils lui rappelaient sa propre infirmité, cette diminution qu'il avait tout fait pour ignorer. Nulle pitié dans leurs yeux. L'inspecteur ne tenta pas de prendre contact. Il faut dire que les moments de liberté étaient rares, occupé qu'il était à l'apprentissage de ce corps étranger greffé au bout du coude. Il y mettait toute son énergie et tout son cœur.

Théodore consacrait ses soirées à lire et relire les documents du dossier que Pierre avait détourné, toujours sans résultat jusqu'à ce que, la veille du départ, un détail attirât son attention. La plupart des lettres reçues après la parution de la photographie provenaient de familles à la recherche d'un père, d'un frère ou d'un ami disparu pendant la guerre. Bien qu'absurde, l'idée que l'inconnu fut leur parent leur permettait de rester dans l'action. Après tout, ce n'était pas plus aberrant que de parcourir des centaines de kilomètres à fouiller les champs de bataille.

Le signalement qui retint son attention avait été rangé dans une pochette destinée aux mauvais plaisants qu'il ouvrait pour la première fois, faisant confiance au tri de ses collègues. Pratiquement toutes anonymes ou signées de noms farfelus, ces lettres foisonnaient d'insultes et d'obscénités. L'une d'entre elles contrastait par son ton très poli :

Je vous serais très reconnaissant de bien vouloir rapporter mon corps à l'Hôtel des Réservoirs,
Klaus Meine

Bigre ! Si les morts se mettent à se signaler eux-mêmes ! pensa Théodore. Il sourit en s'allongeant. Quelque chose l'asticotait pourtant, mais il ne parvenait pas à pointer le doigt dessus. Autant se coucher ! C'est vers deux ou trois heures dans la nuit qu'il se réveilla en sueur.
Juste ciel !
Il se leva d'un bond, alluma l'ampoule et se précipita sur la lettre. Klaus Meine, Klaus M, comme sur l'étui à cigarettes, ça alors ! L'hôtel des Réservoirs ? Inconnu au bataillon !

Son cerveau lui défendit de se rendormir.

Mais alors, si Klaus Meine est le mort, qui est l'homme à l'étui ? A-t-il lui aussi le même prénom ? Peu probable, pour ne pas dire invraisemblable. La boîte à cigarettes ne lui appartient pas, l'a-t-il dérobée ? Vol à la tire ? Klaus Meine, un nom à consonance allemande. Klaus Meine...

* * *

C'est toujours maladroit que le policier équipé de sa prothèse descendît du train en gare du Nord. La locomotive Atlantic 221, dragon d'acier, haletait encore quand il la longea pour se retrouver au bout du quai où Pierre l'attendait. Le jeune homme n'avait d'yeux que pour les pinces du bras articulé dépassant du veston de Théodore.

— Bon voyage ? finit-il par s'enquérir.

— Excellent. Quelques heures pour effectuer le trajet. À cette vitesse, je me demande bien qui pourrait arrêter ce train. C'est grisant.

— Et ton séjour ?

— Les flots, les plages immenses de sable fin, rien de tel pour te remplumer.

Théodore n'évoqua pas les centaines de malades en fauteuil arpentant la promenade en bord de mer, la plupart du temps poussés par des infirmières à cornette. Il montra son nouveau bras.

— Me voilà appareillé, comme ils disent. Regarde.

L'inspecteur saisit maladroitement la poignée de la valise qu'il venait de poser avec la pince et la souleva. Pierre en resta stupéfait.

— C'est un miracle ! Comment ça marche ?

— Un système de câblage relié à l'épaule opposée. Il va me falloir une longue période d'apprentissage avant de pouvoir en profiter pleinement, mais les débuts sont prometteurs ! Je te montrerai tout à l'heure. Et toi ? Des nouvelles ?

— Et c'est peu de le dire ! Viens, je te paie un bock.

À peine installés à la terrasse de la brasserie Heidt, boulevard de Strasbourg, Pierre n'attendit pas que le serveur prît la commande pour informer Théodore, tant il était impatient.
— Un nouveau meurtre !
— Bah, des meurtres, c'est malheureusement courant.
— Oui, mais l'assassinat d'un Allemand, ça arrive tous les jours ?
— Un Allemand ? Quand ? Où ?
Un garçon de café les interrompit pour apporter la bière promise.
— Du calme, laisse-moi tout d'abord me rafraîchir.
— Ça y est ? Vas-tu enfin me mettre au fait ?
— C'était hier, ça n'aurait avancé à rien que je te téléphone. Le cadavre d'un homme a été découvert à Versailles et, tiens-toi bien, Fernand Raux, le préfet, a convoqué le commissaire, à la demande de Clemenceau lui-même.
— Pour enterrer l'affaire, une fois de plus !
— Détrompe-toi, tu vas tomber de ta chaise. Il en voulait après toi ! Autant te dire que le patron n'est pas à prendre avec des pincettes. Sans doute a-t-il eu l'air d'un jean-foutre quand il a avoué qu'il ignorait où tu étais.
— Et comment as-tu su, pour le meurtre ?
— C'est moi qu'il a envoyé chercher en premier. Il a bien fallu qu'il éclaire ma lanterne pour tenter de m'amadouer. Mais rien n'y a fait, je suis resté muet comme une carpe. En revanche, je te fiche mon billet que ton appartement est sous surveillance.

Il était encore trop tôt pour dévoiler à Pierre la lettre de Klaus Meine. Théodore n'avait que des suppositions qui devaient être confirmées avant de s'en ouvrir pleinement.
— Et le tien également, je parie. Je vais reprendre pension rue d'Alésia. Ça leur fera le plus grand bien de poireauter un ou deux jours de plus. On se retrouvera après. D'ici là, reprends le dossier et replace-le en douce aux archives. Nul doute qu'ils le chercheront.

Un autre individu avait attendu Théodore et se tenait discrètement à l'écart. L'inspecteur l'avait aperçu dès son arrivée et l'avait délibérément ignoré. Pierre hors de vue, il s'avança vers lui, à l'abri d'une porte cochère.
— Salut, l'apache ! Quoi de neuf ?
— Rien ! Ah si, la flicaille planque devant ta cambuse depuis hier. Serais-tu devenu hors-la-loi ?
Regardant avec insistance la pince qui dépassait de la manche du veston, Maurice de Belleville poursuivit :
— Mais dis-moi, c'est quoi cette ferraille ?
— Une prothèse, mon ami. De quoi bientôt passer à une autre vie.

L'inspecteur pensait-il sérieusement que cet assemblage de cuir et de métal articulé suffirait à remplacer les cauchemars de chaque nuit par des rêves sans terreur ? Il revint au sujet qui le liait en ce moment à l'apache.
— Je crois que tu vas pouvoir cesser ta surveillance. S'ils ne se sont pas manifestés depuis une semaine, c'est qu'ils ont sans doute abandonné.
— Pas trop tôt ! C'est que j'ai une affaire à faire tourner, moi !
Théodore rit de bon cœur.
— Une affaire ? De quel genre d'entreprise es-tu donc le dirigeant ? De celles qui allègent les poches des bons bourgeois et les goussets de leur charmante épouse ? Allez l'ami, je m'en voudrais de te priver de ton pain quotidien. À un de ces jours...

Le sourire encore aux lèvres, il n'entendit pas l'apache crier alors qu'il traversait la rue, le vrombissement d'une automobile couvrant les hurlements de celui qu'il venait de laisser.

*　*　*

— Où suis-je ?

Théodore sortit de sa torpeur, le corps endolori. Entrouvrant les yeux, il n'avait pas reconnu la chambre minuscule dans laquelle il était allongé. Une voix d'homme lui répondit :
— Pas encore en enfer, je te l'assure.
Il l'identifia :
— L'Émile ?
— Ben oui ! Fallait bien un garde-malade pour te veiller.
— Que m'est-il arrivé ? J'ai mal partout. Et ma prothèse ?
— T'as été victime, comme qui dirait, d'un chauffard. Un écraseur qui n'a pas jugé utile de s'arrêter quand il t'a vu traverser la rue.
— On est où ?
— Dans une chambre de bonne d'un immeuble de rapport, à deux pas du boulevard de Strasbourg, là où s'est produit l'accident.

L'inspecteur se redressa et s'assit difficilement sur la paillasse qui faisait office de lit. Son cerveau se réveilla enfin :
— C'est vous qui m'avez monté ici ?
— Tu m'as bien vu ? J'en serai bien incapable.
— Qui alors ? Des témoins ?
— Un témoin. Le témoin principal.
— Allez-vous causer à la fin ? J'en ai assez de ces mystères. J'ai mal au crâne.
Le vagabond lui tendit un petit sachet et un verre d'eau.
— Prends ça, c'est l'aspirine que le médecin a prescrite.
Théodore mélangea la poudre et but d'un trait le médicament. Émile poursuivit :
— Te rappelles-tu avoir papoté avec l'apache à ton retour des plages du Nord ? Quand tu l'as quitté, t'as traversé la rue sans trop regarder. Maurice a bien essayé de te prévenir, mais t'as pas entendu. Il faut dire que le monstre à moteur qui s'est pointé faisait, paraît-il, un potin d'enfer. Il m'a certifié que le conducteur n'a ni freiné ni tenté de t'éviter.

Pire! L'apache a eu la nette impression que ce scélérat se carapatait.
— Et vous?
— M'est avis que tu dois une fière chandelle à ton ami. Il connaissait la concierge de cet immeuble à qui il avait rendu quelques petits services, notamment en persuadant certains mauvais payeurs de régler leur dette. Il t'a donc chargé sur son épaule et t'a monté dans cette piaule. Sacré costaud! La gardienne t'a veillé le temps qu'il sollicite un médecin de ses relations. Encore un éjecté de notre bonne société! Et par ses collègues en plus! Tout ça pour avoir soi-disant aidé un têtard à passer.
— Abrégez, voulez-vous.
— L'apache m'a ensuite fait prévenir.
— Il vous connaît?
— Qu'est-ce que tu crois! Nous, les excommuniés de tous poils, y faut bien qu'on s'organise. À côté de votre société, flanquée d'hommes politiques tous plus incapables les uns que les autres, quand ils ne sont pas margoulins, nous avons notre confrérie, celle des exclus. Mais attention, tu peux les prévenir, tes patrons. À force de rejeter des corps qu'elle juge étrangers, ta société se vide et nous serons bientôt suffisamment nombreux et puissants pour prendre sa place.

Théodore n'interrompit pas Émile durant son prêche. Anarchiste, communiste? Les deux? Il ne savait pas très bien, mais comprenait ces ressentiments.

— On vous a laissé faire votre foutue guerre en paix, mais, à partir de maintenant, soyez sur vos gardes! Les Russes, eux, n'ont pas eu cette patience!

— Halte là, l'Émile! Je ne suis pas votre ennemi! Je...

Le harangueur sortit un papier froissé de sa poche.
— Ma seule richesse!
Il le déplia solennellement et déclama sans le lire, le bras gauche levé, le poing fermé :

> *Debout ! l'âme du prolétaire*
> *Travailleurs, groupons-nous enfin.*
> *Debout ! les damnés de la terre !*
> *Debout ! les forçats de la faim !*
> *Pour vaincre la misère et l'ombre*
> *Foule esclave, debout ! debout !*
> *C'est nous le droit, c'est nous le nombre.*
> *Nous qui n'étions rien, soyons tout*[1].

— Ce poème, je le tiens de son créateur, Eugène Pottier[2]. Il me l'a donné en 1871, lors de la répression de la Commune. C'est nous, les damnés de la terre, tu comprends ?

Il se tut subitement et un long silence s'installa que Théodore finit par rompre :

— Voyons, Émile, pourquoi me placer de l'autre côté ? Je la connais votre chanson !

> *C'est la lutte finale*
> *Groupons-nous et demain*
> *L'Internationale*
> *Sera le genre humain.*

Quel drôle de paroissien ! se dit Théodore qui ne parvenait toujours pas à le tutoyer. L'âge sans doute. Le respect pour cet homme qui n'avait pas renié ses convictions. Ils sont si rares !

Le vagabond resta coi devant Méry qui chantait le refrain de cet hymne révolutionnaire. Un roussin qui entonne *L'Internationale* ! On aura tout vu ! L'inspecteur acheva de le calmer :

— Croyez-vous que ce soit le moment ? Pouvons-nous reprendre ? Comment connaissez-vous Maurice de Belleville ?

---

[1] Version initiale du premier couplet de l'*Internationale*, poème créé en 1871 par Eugène Pottier.
[2] Eugène Pottier (1816 – 1887). Poète et révolutionnaire français.

— Excuse-moi p'tit, quelquefois, j'm'emballe ! Ton apache, nous nous sommes rencontrés il y a dix jours. Tu l'avais chargé de te suivre. C'est donc toi qui l'as amené à moi lors d'une de tes visites nocturnes. Il se trouve que nous avons des relations communes, dont toi, et avons fini camarades. C'est à moi qu'il a pensé en premier pour te veiller.
— Où est-il à cette heure ?
— Je n'en sais fichtre rien. Tout ce qu'il m'a dit, c'est avoir noté le numéro de la plaque de l'automobile. Il ne croit pas à la thèse de l'accident. J'imagine qu'il mène son enquête.
— Bon, je ne vais pas m'éterniser. Aidez-moi à me lever.
— Pas question ! J'ai ordre de te garder ici jusqu'à ce qu'il revienne. Tant que tu restes dans cette planque, tu es en sécurité. L'apache seul peut te chaperonner.
— Depuis quand obéissez-vous à un ordre ?
— Il y a ordre et ordre. Et puis, je te trouve encore bien faible pour te farcir la descente des six étages, sans ascenseur.
— Penses-tu pouvoir m'en empêcher ?
— Certes non, mais tu oublies la concierge, bâtie telle une armoire normande ! Des mains comme des battoirs !

Ils furent interrompus par des coups discrets à la porte. Émile alla ouvrir. C'était justement madame Denis, la gardienne. Théodore ne put réprimer un mouvement de recul devant l'imposante carrure du cerbère. Elle n'était pourtant que douceur en ce début d'après-midi.
— J'vous ai apporté à manger. Un ragoût de mouton, vous m'en direz des nouvelles !
— Et pour boire ? s'enquit Émile.
— Un rouge de Touraine. C'est mon cousin qui m'le fournit. J'vous ai mis aussi un quatre-quarts.
— Merci infiniment, chère madame, dit Théodore. Après le gueuleton qui s'annonce, je pourrais vous débarrasser de ma présence.
— Et pis quoi encore ! Maurice, y vous a confié à moi jusqu'à son retour.

— Absolument, confirma Émile. Dieu sait les tourments qu'il nous fera subir si nous enfreignons ses ordres.
— Ça, c'est vrai, ça !

Théodore n'avait plus qu'à se soumettre. Après tout, s'il était en danger dehors, mieux valait rester caché, le temps de retrouver toutes ses facultés. Et ce mijoté, quelle promesse !
— Au fait, qu'est devenue ma prothèse ?
— Regarde sous le lit. Tu y trouveras aussi ta valise, mais elle a eu moins de chance que toi. Elle porte encore la trace de la roue qui lui est passée dessus.

L'inspecteur se félicita de s'être séparé du dossier de l'inconnu. Il affectionna de partager ce repas avec Émile. Pour une raison qu'il ignorait, le lien qui les reliait se fortifiait au fil de leurs rencontres. Il ne fut pas question de son père.

Bercé par les ronflements du chiffonnier, que l'abus du Touraine avait poussé à la sieste, Théodore se repassa les évènements pour la énième fois dans la tête. Il fallait maintenant y ajouter la lettre de Klaus Meine et la tentative de meurtre présumée sur sa personne. Ainsi, ils avaient fini par se découvrir ! Et cela avait failli lui coûter la vie. Il n'en était que plus combatif encore, tel un animal blessé, ressentant même une sorte d'exaltation.

Un journal dépassait du veston élimé du garde-malade, il le lui emprunta. Il s'agissait d'un exemplaire du *Populaire*, datant de l'avant-veille. Un quotidien socialiste ! Il en parcourut distraitement les titres. Des articles pour le moins engagés. Cette gazette avait bien toute sa place dans la poche d'Émile. Il venait de tourner la page quand son cerveau lui envoya un signal. Revenant à la précédente, il lut :

Manifestations anti-boches à l'hôtel des Réservoirs

Il y était question de la délégation allemande à la conférence de Versailles, qui, étant logée dans cet établissement,

subissait presque chaque jour les récriminations haineuses de la population à son encontre.
L'hôtel des Réservoirs ! Ça alors ! Encore la piste allemande.

* * *

Ce n'est que le lendemain matin que Maurice de Belleville refit son apparition. Après une nuit plus tranquille qu'à l'habitude, Théodore ne ressentait pratiquement plus de douleurs. À part quelques ecchymoses, il ne semblait avoir conservé aucune séquelle de l'accident, ou plus exactement de la tentative d'attentat sur sa personne.
— Salut, l'apache, comment vont les affaires ?
— Je vois que tu t'es remis ! À l'avenir, évite de te trouver dans mes parages quand tu te feras renverser par une automobile. Je cours depuis deux jours pour tes beaux yeux, figure-toi.
— Et alors ?
Émile se leva et les interrompit en se dirigeant vers la porte :
— Permettez-moi de prendre congé, messeigneurs. Faut que j'me dégourdisse les gambettes.
— Bien sûr, acquiesça le nouvel arrivant. Tu peux retourner à tes activités, je prends le relais.
— Salut la compagnie !
— Sacré bonhomme ! dit Théodore quand ils furent seuls.
— Tu ne crois pas si bien dire ! Sais-tu qu'il fut l'un des héros de la Commune ?
— Je m'en doutais un peu. Revenons-en à nos affaires. As-tu identifié le ou les écraseurs ?
— Presque ! Ayant noté l'immatriculation de la bagnole, j'ai pensé que ton adjoint, Pierre, pourrait m'aider à en retrouver le propriétaire. Absente des fichiers de la préfecture !
— Fichtre ! Volée ?

— Je me suis fait la même réflexion, mais sans conviction. Alors, j'ai asticoté le petit. N'existe-t-il qu'un seul registre des enregistrements ? Non, qu'il m'a répondu. Celui qu'il avait consulté ne concernait que les particuliers et les entreprises. Il y en a un spécial pour l'administration, et peut-être un autre encore pour l'armée. Si tu as des relations, c'est le moment de les exploiter.

Théodore se tut. Une relation, il en avait une, et quelle relation !

8

— Pas trop tôt !
C'est par ces mots aboyés que l'inspecteur fut accueilli par le commissaire Vandamme à son arrivée à la préfecture de police.
— Ça fait trois jours qu'on vous cherche ! Où donc étiez-vous passé ? Dans mon bureau, en vitesse !
L'homme fulminait tellement qu'il n'avait pas aperçu la prothèse.
— Bonjour monsieur. Vous rappelez-vous m'avoir octroyé un mois de congé sans solde ?
La placidité de Théodore calma aussitôt la colère de son supérieur.
— Bon ! Asseyez-vous.
L'inspecteur choisit de jouer l'ignorance.
— Quelle est donc cette raison si impérieuse qui m'oblige à abréger mes vacances ? Le jeune Pierre Rambourd n'a pas voulu m'en dire plus.
C'est à ce moment que le commissaire vit les trois pinces.
— Bon sang ! Vous ne pouviez pas me le dire plus tôt ?
— Dire quoi ? s'amusa Théodore.
— Ce truc qui dépasse de votre manche. Cette...
— Cette prothèse.
— Oui, cette prothèse. Je nous croyais pourtant assez proches pour que vous m'en parliez avant.
— Suffisamment proches pour que vous n'estimiez pas utile de me soutenir dans l'affaire de l'inconnu du parc Montsouris ? persifla Méry.

Le commissaire détourna le regard. Comme il avait raison, cet inspecteur. Un mot, un seul. Lâcheté. Que valait-il, face à ce brave cité trois fois au champ d'honneur et décoré de la croix de guerre ? Et intelligent, de surcroît. Pour un peu, il aurait imploré son pardon à genou. Pas uniquement pour cette affaire, mais aussi pour ne pas avoir pris sa part dans le conflit. Et ce sentiment d'être resté planqué à l'arrière...
— Hum, hum !
Théodore venait de se racler la gorge pour ramener le commissaire à la conversation. Celui-ci releva la tête :
— Je vous prie de ne pas me juger trop sévèrement. Vous comprenez, les ordres...
— Les ordres, je connais. Les ordres imbéciles également. Il est inutile que nous nous appesantissions là-dessus, n'est-ce pas ?
— Vous avez raison. Revenons-en à votre présence dans mon bureau. Un meurtre a été commis il y a quatre jours. La...
— Avant de continuer, pouvez-vous convier mon jeune adjoint ?

Cet intermède vint à point pour finir de désamorcer la tension entre les deux policiers.
— La victime est de nationalité allemande. Un des attachés militaires de la délégation arrivée à Versailles dans le cadre de la conférence de paix. Le corps a été retrouvé à proximité d'un hôtel.
— L'hôtel des Réservoirs ?
Le commissaire se rasséréna tout à fait. Décidément, cet inspecteur était l'homme de la situation.
— Je constate que votre esprit a conservé sa vivacité.
— Pourquoi l'aurait-il perdue ? Pensez-vous que cet assassinat puisse être relié à la mort de l'inconnu du parc Montsouris ? Inconnu qui ne l'est plus, d'ailleurs.
— Pardon ?

— Cet homme se nommait Klaus Meine et j'ai tout lieu de supposer qu'il est lui aussi allemand, sans doute hébergé dans ce même hôtel.

Devant son supérieur interloqué, Théodore relata ses investigations depuis le début, sans oublier la tentative de meurtre qui l'avait visé.
— Une autopsie ? Vous avez diligenté une autopsie en falsifiant la réquisition ?
— Qu'auriez-vous fait à ma place ? Tout était contre moi alors que j'étais certain de mon fait. À ce propos, vous aurez vous aussi à établir un faux en signant cette réquisition afin que le résultat de cet examen puisse être ajouté au dossier.

Le commissaire sourit enfin. Il accomplirait ce premier acte d'insubordination avec plaisir, d'autant plus que cela ne porterait pas à conséquence. Théodore poursuivit :
— En ce qui concerne le second crime, me donnez-vous carte blanche ?

Plus facile à dire qu'à faire ! Carte blanche ! Il en avait de bonnes !
— Alors ? s'impatienta l'inspecteur, fort de l'ascendant qu'il venait de prendre. Son interlocuteur tergiversa :
— C'est que ce n'est pas si simple. En tant qu'inspecteur, les initiatives ne peuvent qu'être encadrées par votre supérieur. Vous comprenez...

Théodore faillit casser la table en la frappant violemment de son nouveau bras. Maintenant qu'il était sorti de la tranchée, il lui fallait continuer d'attaquer. Pierre se replia au fond de sa chaise, déconcerté par la révolte du policier.
— Carte blanche !
— Gardez votre calme, je vous prie. J'accède à votre demande, mais promettez-moi de rester dans le cadre de la loi.
— Dans le cadre de l'esprit de la loi me convient mieux. Maintenant que nous sommes d'accord, j'ai deux premières requêtes.

Le commissaire regretta d'avoir cédé. Jusqu'où irait cet inspecteur ? Il n'avait plus d'autre possibilité que de plier de nouveau.
— Je vous écoute.
— Premièrement, j'ai sollicité et solliciterai encore l'assistance de collaborateurs qui ne sont pas de la maison. Jusqu'à maintenant, ils l'ont fait par bonté d'âme. Tout travail méritant salaire, je souhaite rétribuer les services qu'ils auront à rendre à la police.
— Combien ? soupira Vandamme.
— Cinquante Minerve[1].
— Cinq cents francs ! C'est beaucoup.
— Voyons commissaire, vous n'allez pas déjà rompre notre bel accord ?
— Soit ! Ensuite ?
— Rassurez-vous, c'est gratuit. Je veux un entretien avec Clemenceau cet après-midi.
— Vous n'y pensez pas ? Le président du Conseil a d'autres chats à fouetter !
— Osez me dire que ce n'est pas lui qui m'a demandé !
Le commissaire décrocha le combiné de son téléphone. La relation de Théodore le recevrait !

* * *

L'accès au 8, rue Benjamin Franklin fut aisé grâce à l'ordre de mission que le commissaire avait obtenu du préfet de police. La garde y était très vigilante depuis l'attentat perpétré en février. Blessé à l'épaule, le *Père la Victoire* s'en était remis en une semaine.
Le vieil homme était assis à son bureau, souriant derrière sa grosse moustache blanche. Un bouquet de fleurs séchées trônait sur le manteau de la cheminée. Debout devant lui, Théodore attendit que le Tigre daigne lui adresser la parole.

---

[1] Billet de 10 francs à l'effigie de Minerve.

— Bonjour, inspecteur Méry. Veuillez vous installer dans ce fauteuil.
— Bonjour, monsieur le président du Conseil.
— J'ai bien cru que vous aviez disparu de la surface de la Terre ! Vous a-t-on informé de l'objet de votre nouvelle enquête ?
— Le meurtre d'un attaché militaire de la délégation allemande à Versailles.
— C'est cela. Pourquoi avoir sollicité cet entretien ?
— Pour deux raisons, monsieur. La première concerne celui que nous surnommions l'inconnu du parc Montsouris. Il ne l'est plus, malgré vos efforts pour m'empêcher de l'identifier.

Georges Clemenceau sourit de nouveau.

— Il s'agit de Klaus Meine et je suis bien tenté de croire qu'il faisait également partie de la représentation hébergée à l'hôtel des Réservoirs. Lui aussi a été tué. Mais je suppose que je ne vous apprends rien.
— En effet. Et la seconde ?
Il n'avait pas démenti ! Quel aplomb !
— J'ai fait l'objet d'une tentative d'assassinat il y a quelques jours, très certainement en raison de mon enquête sur cette affaire. Deux questions se posent. Êtes-vous à l'origine de ce crime ? Si non, pouvez-vous me communiquer le propriétaire de l'automobile qui m'a fauché rue de Strasbourg et dont on ne trouve aucune trace dans les fichiers de la préfecture, y compris dans celui des voitures volées ?
— On peut dire que vous n'y allez pas par quatre chemins ! Je n'aurais pas voulu me présenter face à vous, baïonnette à la main. Mais ne poussez pas le bouchon trop loin. Comment pouvez-vous imaginer que je puisse donner un tel ordre ? S'il n'y avait que le meurtre pour résoudre les difficultés, nous serions bien moins nombreux sur cette planète, ne croyez-vous pas ?

Théodore ne répondit pas immédiatement. Certains n'avaient pourtant pas hésité. Des millions de morts en quatre ans. Et cela n'avait probablement rien solutionné.

— Soit. Et pour le chauffard ?
— Je donnerai des ordres. Si cette immatriculation existe, on vous en communiquera le bénéficiaire. Supposez-vous...

Un léger bruit fit se retourner le policier. Par une porte dérobée, un militaire venait d'entrer. Uniforme impeccable, multiples barrettes sur le cœur, képi sur la tête, il se tint au garde-à-vous.

— Ah ! Commandant ! Puis-je vous présenter Théodore Méry, du quai des Orfèvres ?
— Inspecteur, voici le commandant de Cointet, chef du deuxième bureau[1].

Diantre ! Le deuxième bureau ? Dans quel guêpier avait-il mis les pieds ? Un nid d'espions ? Théodore se leva pour serrer la main de l'officier.

— Enchanté.

Clemenceau reprit la parole :
— Avancez-vous, de Cointet. Ce policier a déjà investigué au sujet du mort du parc Montsouris, et découvert une bonne partie de ce que nous voulions lui cacher. Avec ce second crime chez les Allemands, j'ai jugé opportun de l'associer à l'enquête. Opiniâtreté et intelligence, voici les qualités qu'il nous faut ! Pouvez-vous lui résumer les premières conclusions ?

Le militaire quitta son air martial et s'exprima d'une voix claire :
— C'est relativement succinct, malheureusement. Le cadavre d'un attaché à la délégation allemande a été découvert voilà quatre jours derrière une fontaine du parc du château de Versailles, *la France triomphante*. Elle se situe dans le bosquet de l'Arc-de-Triomphe, à une centaine de mètres de l'hôtel des Réservoirs. Les premières constatations font mention d'un empoisonnement.

— C'est tout ? s'enquit Théodore alors que le commandant rangeait son petit calepin.

---

[1] Service de renseignements de l'armée française.

L'officier répondit en écartant les mains en signe d'impuissance. Théodore ne s'en satisfit pas :
— Heure de la mort ? Des témoins ?
— Le légiste estime le décès à onze heures dans la nuit. Nous avons interrogé les Allemands. Personne n'a rien vu ni rien entendu, mais je ne suis pas certain qu'ils soient très sincères. Même histoire dans les immeubles voisins.
— Et l'arme du crime ? Un empoisonnement, disiez-vous. Au moins un point commun avec le premier ! L'étude du corps a-t-elle révélé une trace de piqûre ?
— Je n'ai rien lu de tel dans le rapport.
— Pourrais-je rencontrer l'homme de l'art ?
— C'est que...
L'officier fit une pause, manifestement gêné.
— C'est que quoi ?
— Le praticien qui a examiné le cadavre n'a pas précisément les fonctions de médecin légiste. Nous avons sollicité un chirurgien militaire ayant participé, durant ses études, comme second à quelques autopsies.

Cette dernière phrase laissa Théodore pantois. Incroyable ! Il s'encoléra :
— Pardon ? Vous êtes en train de me dire que vous vous appuyez sur des amateurs ! Le corps a-t-il au moins été conservé de manière à retarder l'inéluctable corruption des chairs ?
— Dans une chambre froide.
— Fichtre ! Il faut tout reprendre. Vous le ferez transporter rapidement à l'institut médico-légal de la préfecture. Et la personnalité de la victime ?
— Rien encore. Nous attendons un interprète assermenté pour interroger les membres de la délégation. Le problème est qu'ils sont tous très occupés par la conférence de paix.
— De mieux en mieux ! Théodore se tourna vers Clemenceau :
— Monsieur le président du Conseil, j'ai bien l'impression que ce crime ne représente pas une priorité dans vos

services. Pas de rapport, autopsie bâclée, peu d'éléments, attente d'un hypothétique traducteur. J'ai déjà donné mes conditions au commissaire Vandamme, je vous les répète. Il me faut votre blanc-seing.
— Mesurez-vous vos propos ? Des conditions ! Oubliez-vous à qui vous parlez ?
— Il ne s'agit nullement d'un manque de respect de ma part. Je souhaite simplement être libre de faits et de gestes, sans être chaperonné par vos espions. Ceux-ci devront avoir l'ordre de me fournir toute information utile à la moindre de mes sollicitations.

Après quelques minutes, le Tigre se leva et s'adressa au commandant dont la mine traduisait une forte contrariété :
— De Cointet, venez, nous devons nous concerter.
Puis, avant de refermer la porte d'un cabinet étriqué, il avisa Théodore :
— Quant à vous, attendez ! Et ne vous aventurez pas à fouiner dans mes petits secrets.

— C'est le loup dans la bergerie !
L'officier ne décolérait pas.
— Un civil dans nos affaires ! On aura tout vu !
— Calmez-vous, mon cher. Tant qu'il n'y avait que celui de Montsouris, cela pouvait rester dans le domaine du crime ordinaire. Avec ce second, tout donne à penser qu'il y a conjuration. En quelques minutes, ce Méry vient de vous mettre devant votre incapacité policière. Je ne vous le reproche pas, étant donné le secret qui vous est demandé. Nous avons tout intérêt à ce que le fin mot soit trouvé. N'oubliez pas que l'apaisement du monde est en jeu ! Que la délégation allemande se retire sous prétexte d'insécurité et tout est à refaire. Que vaut un traité de paix sans la signature des vaincus ?
— Il suffira de reprendre le combat. Après tout, nous vivons sous le régime de l'armistice. Tant que ce traité ne sera pas paraphé, c'est une menace qui doit les contraindre.
— Êtes-vous sérieux ? La guerre, plus personne n'en veut ! Ce serait une tragique erreur.

Théodore commençait à s'impatienter quand les deux hommes refirent leur apparition. Le Tigre conclut l'entretien :

— Il en sera fait selon votre attente. Une seule règle cependant : un minimum d'informations à votre hiérarchie et rien à la presse. Le commandant de Cointet sera votre unique correspondant.

— J'aurais un ou deux collaborateurs avec moi.

— Cela les concerne également.

Georges Clemenceau tendit sa main. La réunion était terminée.

— Une dernière question se permit l'inspecteur, déjà sur le pas de la porte. Pourquoi ne pas faire appel à l'une de vos brigades mobiles[1] ? Après tout, Versailles est hors du périmètre de la préfecture de police de Paris.

— Je l'aurais sans doute fait avant de vous connaître. Et, qui sait, peut-être auront-elles la chance de vous compter dans leurs rangs lorsque cette vilaine affaire sera derrière nous. Et maintenant, je n'ai plus qu'à vous souhaiter bonne chasse.

À peine avait-il donné quelques coups de pédales qu'il fit demi-tour, furieux. Un individu le filait ! Forçant la porte du président du Conseil, il s'exclama :

— Nul besoin d'un chaperon ! Remisez votre espion ! Je ne souhaite pas avoir un fureteur à mes trousses.

Clemenceau se tourna vers le commandant d'un air faussement courroucé avant de répondre calmement :

— Soit.

---

[1] Immortalisées par la série télévisée, *les Brigades du Tigre*.

9

Théodore n'eut pas le cœur de passer cette fin de journée seul dans son logement. C'est ainsi qu'il attendit le chiffonnier sur son banc. Celui-ci arriva vers onze heures, comme presque tous les soirs, lorsque le temps s'y prêtait. Il était accompagné.

— Mes respects, cher inspecteur ! Il semble qu'on vous voit souvent par ici en ce moment ! Je ne te présente pas Maurice ?

— Bonsoir l'Émile, salut l'apache.

— Des séquelles de ton accident ?

— Tout va bien, rassurez-vous.

Le policier sortit un pique-nique d'une sacoche et poursuivit :

— Voici un petit frichti. Désolé, je n'avais pas prévu d'autre convive, mais, vous connaissez le proverbe, quand y'en a pour deux, y'en a pour trois.

— Quelle bonne idée ! Je disais justement à Maurice que j'avais la dalle et qu'on f'rai bien de trouver un bistrot pour au moins étancher notre soif.

— Je ne vous imaginais pas si liés, tous les deux.

L'apache répondit :

— C'est que notre ami commun est un puits de science et que sa conversation m'est bien agréable !

— Blague à part ?

— Bon, si tu veux tout savoir, on discute d'un projet d'association.

— Du moment que vous ne mijotez pas de ressusciter la bande à Bonnot !
— Bah ! C'est une affaire ancienne, tu ne l'ignores pas. Et puis j'exècre la violence. Faisons plutôt honneur à la becquetance et au jaja qui l'escorte.

On ne retenait plus Émile, transformé en professeur d'histoire. La Commune, l'anarchie, Karl Marx. Théodore, bien que ne partageant pas toutes les idées, laissa la leçon aller à son terme. La gouaille du vieil homme le distrayait. Cela valait bien mieux qu'une soupe au lard mangée seul au coin d'une table de brasserie. Et puis tout n'était pas à jeter !
C'est l'apache qui revint à l'actualité :
— Et toi ? Ton enquête ? Ça avance ?
L'inspecteur leur relata la réunion de la rue Benjamin Franklin, sans rentrer dans les détails.
— Eh ben dit donc ! Pour un qui s'apprêtait à déserter la rousse, t'as été vite remis dans l'rang ! Un garde-à-vous, un salut et à vos ordres, sieur Clemenceau !

Vexé, Théodore ne rétorqua pas. C'est qu'il n'était pas loin de penser la même chose, s'en voulant d'avoir cédé aussi facilement. Un peu comme un fumeur qui décide à onze heures d'arrêter la cigarette et qui ne peut résister à celle qui suit habituellement le repas de midi.
— Allez, fais pas ta mauvaise tête. On sait ce que c'est ! Hein Maurice ?
— T'as toujours été flic, enchaîna l'apache. Et un bon flic. Alors tu t'es pas vu faire autre chose. Normal. Donc, demain, direction Versailles ?
— Bois un coup et mets-nous au parfum ! C'est pas tous les jours qu'on peut suivre une enquête de l'intérieur. Habituellement, on préférerait s'en éloigner !

L'inspecteur finit par retrouver la parole :
— Justement, non ! Si je veux interroger les Allemands, j'ai besoin d'un interprète. Et je n'en ai pas. Il faudrait pourtant que je les rencontre vite.

Émile leva la tête, soudain sérieux.
— Vous ai-je raconté l'année 1893 ?
— Quel rapport ? souleva l'apache.
— Tu verras bien. Donc, fin 1893, ma présence en France n'étant plus souhaitée, des lois scélérates réprimant le mouvement anarchiste ayant été votées par la communauté bien-pensante, je n'eus d'autre choix que d'émigrer. À cette époque, en Allemagne, la société des socialistes indépendants se divise en deux courants. Le premier avec une tendance antiparlementaire et le second plutôt vers le syndicalisme et l'anarchie communiste. Avez-vous entendu parler de Pierre Kropotkine[1] ? J'imagine que non. Toujours est-il que je décidais de m'expatrier à Berlin, afin de poursuivre la lutte en apportant ma modeste contribution à cette seconde vision. Je suis revenu dans notre pays cinq ans plus tard pour rejoindre Jean Grave[2] dans son combat.

Théodore découvrait un nouveau pan de l'existence de ce curieux personnage. Combien d'autres vies le vieil anarchiste avait-il encore en réserve ?

— Impressionnant ! dit-il. Ne vous est-il jamais venu à l'esprit d'écrire ou de faire écrire votre biographie ?

— Pourquoi faire, *mein herr*[3] ?

Théodore se frappa le front. Bien sûr ! Émile connaissait la langue de Goethe. Le chiffonnier poursuivit :

— Ça y est ? Ça percute là-dedans ?
— Eh bien, si je m'attendais !
— Tu vois bien, le coupa l'apache, un puits de science !
— Ne me dites pas que vous vous proposez de devenir mon interprète !

Il savait pouvoir compter sur ces deux briscards, n'avait-il pas exigé du commissaire une enveloppe de cinq cents francs ? Mais, de là à faire de cet anarchiste un auxiliaire de

---

[1] Pierre (Piotr) Alexeïevitch Kropotkine (1842 – 1921). Savant russe, théoricien du communisme libertaire.
[2] Jean Grave (1854 – 1939). Militant anarchiste français.
[3] Monsieur en langue allemande.

justice reconnu comme tel, il y avait un pas qu'il n'aurait pas imaginé franchir. Le vagabond répondit, tout guilleret :
— Et pourquoi pas ? À moins qu'un loqueteux comme moi te fasse trop honte. Et puis...
Émile termina le litron avant de continuer :
— Je me demande comment c'est, derrière la colline, du côté du système.
— Quand même, toi dans la police, ça fait froid dans le dos, dit l'apache en riant.
— Bah ! Crois-tu que l'anarchisme prive ses partisans de conscience ? Je garde dans mon fourbi un article du *Libertaire* du 1er août 1914 avec pour titre *Paix entre nous ! Guerre aux tyrans !* Il s'agit de cet appel connu sous le nom de *Manifeste des seize* proclamant l'union sacrée face aux dangers menaçant la France. Tu vois que nous ne sommes pas rancuniers ! Quant à mon incursion dans le monde policier, faut rien exagérer. J'dirais plutôt un coup d'main à cet inspecteur, presque mon neveu.

Cette allusion à sa qualité d'oncle ramena Théodore à l'hôpital de la Charité. Il n'était pas fier d'avoir vilainement écourté la visite qu'il avait faite à son père. Le temps était sans doute compté. Plus tard, j'irai plus tard. Il se ressaisit :
— Soit ! Je vous présenterai demain au commissaire pour établir la carte d'auxiliaire. Pour le moment, je rentre chez moi pour dormir quelques heures. Vous serez défrayé cinq francs par jour.
— C'est pas lourd !
— Disons sept, mais je ne peux pas plus.
— Tope là !

* * *

Émile et Théodore se présentèrent à la préfecture vers onze heures, ayant d'abord fait un détour pour visiter Kléber Duchamp. Le vieil homme ne les avait pas reconnus tout de

suite. Il avait fallu que son compagnon de lutte insistât pour qu'il fasse le rapprochement.
— Ainsi, tu es revenu. Plus près, fils.
— Bien sûr, papa.

Des larmes avaient couru sur les joues du presque mourant. Il avait murmuré quelques mots avant de refermer les yeux, le visage serein :
— Je peux donc partir tranquille, donne-moi la main. La main d'un flic, ça me va quand même. D'après Émile, paraît que t'es plutôt brave, tu ressembles à ta mère.

Kléber s'était rendormi, sans doute aidé par quelque sédatif qui apaisait ses douleurs. La cornette s'était avancée.
— Il sommeille paisiblement. Si vous saviez comment il attendait ce moment, merci d'avoir pardonné. Surtout, ne tardez pas à revenir, vous n'ignorez pas qu'il peut partir du jour au lendemain.

L'inspecteur l'avait remerciée avant de sortir. Pas un mot n'avait été échangé sur la route. Pardonné ! Il n'en était pas là. Tout de même, ce père les avait abandonnés, mais à quoi bon ? Le passé est le passé. Théodore ne pouvait pas priver d'un au revoir ce vieillard en partance pour le grand voyage. Il l'accompagnerait.

* * *

Le chiffonnier fit forte impression au commissaire. Les vêtements que Théodore avait sortis de son bahut lui allaient comme un gant. À croire qu'ils avaient été spécialement taillés pour lui. Qui plus est, Émile avait utilisé un langage châtié que l'inspecteur ne lui connaissait pas.
— Bonjour commissaire Vandamme, c'est un honneur pour moi de vous rencontrer enfin. Mon neveu m'a raconté la belle part que vous avez prise dans son évasion des archives où il végétait depuis son retour du front. Comment ça ? Méry parlait de lui à sa famille ! En bien, espérait-il. Comme il cachait son jeu ! Ce parent providentiel

que venait de lui présenter son subordonné lui faisait le meilleur effet.

— Ainsi, j'ai l'honneur de serrer la main de l'oncle d'un des plus fins limiers de notre maison ! Limier difficile à commander cependant.

— Il tient cela de son père qui ne se laissait jamais marcher sur les pieds. Pourtant, derrière cette façade pugnace, soyez certain que bat un grand cœur.

Théodore se serait faufilé dans un trou de souris, s'il en avait trouvé un. L'Émile en faisait trop. Vandamme s'en rendrait forcément compte à un moment ou à un autre.

Ce moment ne vint pas. L'obtention de la carte d'auxiliaire ne fut qu'une formalité. Si le commissaire avait su que ce nouveau contractuel avait été — était encore ? — un des anarchistes les plus virulents !

Pierre les rejoignit sur le trottoir devant la préfecture, Théodore le présenta :

— Émile, voici mon adjoint, Pierre Rambourd.

Apercevant l'infirmité du jeune homme, l'interprète ne put s'empêcher de remarquer :

— Un air de ressemblance, à c'que j'vois ! Salut p'tit. C'est marrant, j'ai comme l'impression qu'on va faire une sacrée équipe. Manque plus qu'l'apache !

— Modérez-vous, le tança Théodore. Sans vous imposer de parler comme à l'académie, je vous serai reconnaissant d'abandonner ce langage des rues. De plus, je vous prie de considérer le sérieux de cette enquête que je serai le seul à diriger.

Le silence qui suivit cette diatribe ressembla à celui d'écoliers venant de se faire rabrouer par l'instituteur. Un instant penaud, le plus caboche d'entre eux, se rebella :

— Quoi ? C'est ça la police ? Un chef et pas une tête qui dépasse ? J'te rends ta carte si c'est ça ! Débrouille-toi avec les Allemoches sans moi. Sur ce, à la r'voyure !

Pierre, devant l'air ahuri de son supérieur, rattrapa le fugueur.

— Allez, Émile, ne soyez pas fâché ! On ne va pas se quereller comme ça, au premier motif. Les plantons vont nous entendre, éloignons-nous et discutons tranquillement, sans énervement.
— Tu sais ce que j'en ai à foutre de tes plantons ?
L'interprète suivit les deux policiers en maugréant :
— Merde ! J'rends service et voilà comment on m'traite. Qu'est-ce qu'il a contre le langage des rues ? C'est le parler prolétaire. Ça n'en finira donc jamais ! La lutte...
Théodore se campa devant lui, les bras croisés.
— Crevons l'abcès ! Je connais vos idées et, malgré ce que vous pouvez penser, j'en partage beaucoup. Comprenez-vous que j'ai besoin de vous ? Je désire simplement que nos investigations se fassent en bon ordre et la direction que j'en prends ne sera que purement technique. Nulle envie de devenir un dictateur. Quant au langage, mes recommandations visent tout simplement à éviter le discrédit de mon interprète.
— Bon, ça va. Pardonne mon emportement. J'ferai gaffe, pardon, je serai vigilant. Peux-tu au moins cesser de me vouvoyer ? Ça réduirait un peu la distance.
Après tout, il n'avait pas tort. Un peu de chaleur dans les rapports ne pouvait qu'être bénéfique. Et puis, un oncle...
— Soit ! Il n'y a pas de manque de respect à tutoyer son oncle ! Surtout que je n'ai plus que toi comme ascendance, en dehors de Kléber évidemment.
Pierre comprit à demi-mot et attendit que la fâcherie soit éteinte pour demander à Émile :
— Je suis privé de famille également. Considérant un peu Théodore comme un père spirituel, puis-je espérer t'appeler un jour mon oncle ?
— Grand-oncle ! Je te prie.
Cette dernière remarque les fit éclater d'un rire qui scella leur fraternisation naissante. L'oncle conclut :
— Me voilà avec deux générations à éduquer ! Et j'ai bien l'impression qu'ça va pas être du gâteau !

— Sans oublier l'apache qui, j'en suis convaincu, nous rejoindra sous peu, répliqua Théodore.

* * *

Le lendemain 29 mai, à neuf heures, l'équipe entrait sur le pied de guerre dans la petite salle d'une brasserie jouxtant le théâtre Montansier, à deux pas de l'hôtel des Réservoirs. La plupart des tables étaient occupées par des membres de délégations étrangères, en uniforme et en civil.

— Résumons, dit doucement Théodore devant une tasse de café. Je ne pensais pas qu'il y avait autant de monde à cette heure, parlons peu et discrètement. Premièrement, il y a celui que nous avons baptisé l'inconnu du parc Montsouris, Klaus Meine. Pierre et moi avons été pistés et même bousculés par un individu qui a perdu un étui à cigarettes gravé de son prénom et de son initiale. Des cigarettes allemandes, sans parler de la casquette et des chaussures. Mon appartement a ensuite été visité et j'ai échappé de peu à un attentat automobile. Ce n'est pas tout, puisque j'ai trouvé dans les signalements qui ont découlé de la publication de la photographie une lettre faisant référence à l'hôtel des Réservoirs. Conclusion ?

— Tentons une hypothèse, dit Pierre. Cet homme, de nationalité allemande, aurait été assassiné par le gaillard à l'étui qui lui a volé ses cigarettes.

— Pour compléter ton analyse, on peut préciser que le meurtre a été prémédité si on tient compte du mot découvert dans le couvre-chef. Et que penser de l'attitude de notre hiérarchie ?

— De deux choses l'une. Ou ils connaissent le coupable et voulaient nous empêcher de l'identifier, ou ils ne souhaitent pas que des civils mettent le nez dans des affaires d'État.

— Je pencherais pour la seconde.

Spectateur attentif de l'échange, Émile s'amusait, percevant l'envers du décor.

— Je te suis, poursuivit Théodore. Question : doit-on interroger les Allemands sur ce premier crime ?
— Il faut commencer par ça ! Les deux meurtres sont liés, c'est une évidence.
— Bon ! Alors, allons-y, c'est à deux pas.

Alors qu'ils arrivaient presque à la résidence de la délégation allemande, Émile, qui marchait à quelques mètres derrière les deux inspecteurs, se rapprocha de Théodore :
— Tu l'as vu ?
— Vu qui ?
— L'indiscret, installé seul au fond de la salle, qui nous épiait en douce à la brasserie. Alors, pas remarqué ?
— Es-tu sûr de toi ? À quoi ressemble-t-il ?
— Crois-en l'expérience d'un vieux briscard anarchiste sur qui un troisième œil a poussé derrière la tête à force de fuir la police et les ligues en tous genres. Ce zigue avait l'air d'un bourgeois bien mis.

Théodore se retourna vivement et courut à la brasserie. Pierre et Émile le suivirent tant bien que mal. Ils le virent entrer dans une cabine, saisir nerveusement le combiné du téléphone mural et tourner vigoureusement la manivelle[1].
— Mademoiselle ? Reliez-moi s'il vous plaît à Opéra 1515.

Une voix grésilla quelques minutes plus tard dans l'écouteur :
— Oui ?
— Je souhaite parler au commandant de Cointet, pour Théodore Méry. C'est urgent !

Il fallut encore patienter avant que le militaire réponde :
— Méry ! Que signifie cet appel impérieux ?

L'inspecteur haussa le ton :

---

[1] Il s'agissait sans doute du modèle *Marty*. La magnéto actionnée par la manivelle permettait d'appeler l'opératrice.

— J'ai demandé et obtenu du président du Conseil d'avoir les mains libres. Or, vous me faites suivre. C'est intolérable !

— Vous faire suivre, moi ? Croyez-vous que je n'ai que votre petite personne comme centre d'intérêt ? Je suis un soldat et, même si je désapprouve l'initiative de Georges Clemenceau, je sais obéir, ce qui, d'après mes informations, n'est pas votre principale qualité. Notez, je n'affirme pas que cet homme ne soit pas à moi. Si c'est le cas, dites-vous qu'il y a des centaines d'individus à surveiller ces temps-ci. Vous êtes à Versailles, là où se décide en ce moment l'avenir du monde. Nombre de nations se disputent le cadavre encore chaud de notre ennemi.

Silence ! Théodore ne sut répondre qu'un :

— Pardonnez-moi de m'être emporté de la sorte...

— Excuses inutiles, mon cher. À ce propos, puisque je vous ai, où en êtes-vous ?

— Nous interrogeons sur l'heure les membres de la délégation allemande.

— J'attends votre rapport dans les plus brefs délais.

Théodore marmonnait quand il ressortit, encore énervé :

— N'empêche...

Puis, s'adressant à ses adjoints, il les mit en garde :

— Il va falloir jouer serré ! Le fureteur a disparu ; c'est donc après nous qu'il en avait. Surveillons nos arrières.

— Et si nous incorporions l'apache ?

— Un bandit ? rétorqua Pierre. Tu n'y penses pas ! D'ailleurs, jamais il n'aura une carte de contractuel auprès de notre hiérarchie.

— Et pourquoi pas ? intervint Théodore. Nul besoin d'agrément pour cette protection rapprochée qui nous évitera sans doute bien des ennuis. Nous le rencontrerons ce soir.

Pierre ronchonnait toujours quand ils présentèrent leur accréditation au service d'ordre armé placé devant le 7 de la

rue des Réservoirs. Un majordome ouvrit à l'adjudant de la garde qui les précédait.
— *Ja ! Wen möchtest du sehen ?*
— Oui ! Avec qui désirez-vous vous entretenir ? traduisit fièrement Émile.
— Le colonel Schenker, votre chef de la sécurité.
— *Warten !*[1]
L'homme referma la porte, les abandonnant sur le perron. Quel accueil ! Un autre individu apparut après quinze bonnes minutes.
— Donnez-vous la peine d'entrer.

À sa vue, Théodore s'effondra sur la pierre des marches, avant d'avoir pu faire le moindre geste. Hans !

---

[1] Attendez !

10

Deux ans plus tôt, Plateau de Californie, 5 mai 1917[1]

Le caporal Méry, exténué par les assauts répétés, se jette dans un trou d'obus. Un véritable cratère. Les balles sifflent au-dessus de lui. Quelle horrible invention, ces shrapnels ! Projetant des centaines de billes à l'explosion, ils donnent la mort au hasard. Loterie sanguinaire. Gluante, collante, la glaise mêlée de chair putréfiée engloutit les hommes, telle la baleine de Jonas[2]. Le Ventre des Enfers ? Essoufflé, la respiration haletante, il scrute la moindre trace de blessure. Rien ! C'est déjà ça. Il va bien falloir en sortir, pourtant. Encore quelques minutes, un peu de temps gagné sur la faucheuse. Soudain, un envahisseur ! Merde, un boche. Aussitôt, il se redresse et le met en joue avec son Lebel[3], l'autre fait de même avec son Mauser[4]. Ils restent ainsi quelques secondes qui leur paraissent interminables, oubliant le vacarme et la rage des combats autour d'eux. Aucun ne presse cependant la queue de détente. Simultanément, sans doute manipulés par un marionnettiste pacifiste, les deux soldats baissent leur fusil.

---

[1] Un des épisodes de l'offensive Nivelle (avril-juin 1917) au Chemin des Dames.
[2] Référence au récit de la Bible : Jonas et la baleine.
[3] Fusil d'infanterie utilisé dans l'armée française jusqu'au lendemain de la Première Guerre mondiale.
[4] Fusil de l'armée allemande durant la Première Guerre mondiale.

Théodore se rassied, l'Allemand l'imite, sortant une gourde de sa vareuse vert-de-gris, il la tend au Français.
— Schnaps ?
— C'est pas de refus, l'ami. Merci.
En quelques minutes, cette fosse est devenue territoire neutre.
— Cigarette ? enchaîne Théodore.
— Oui, avec plaisir.
— Tu parles français !
— Je suis français... dans mon cœur.
— Qu'est-ce que tu fais de l'autre côté ?
— C'est simple, je suis né à Saverne, en Alsace.
— Moi, c'est Théodore.
— Hans, mais tu peux m'appeler Jean.
Il faut pourtant déjà que la trêve prenne fin.
— C'est le moment ! Sors en premier. Adieu et bonne chance.
— *Viel Glück*[1].

L'Allemand est à peine parti qu'un bruit strident précède la déflagration. Voilà, c'est fini, se dit le Français, à moitié enseveli. *Viel Glück !* Dieu ne comprend-il pas l'allemand ? Il s'évanouit.

* * *

— Théodore, Théodore.
Pierre secouait l'inspecteur qu'ils avaient allongé sur un sofa du vestibule, sans que celui-ci daigne ouvrir un œil. Il leva la tête en direction des Allemands ébahis que cet incident avait sortis des bureaux.
— Des sels, vite !
L'odeur agressive du carbonate d'ammonium[2] ramena doucement le policier à la vie.

---

[1] Bonne chance en allemand.
[2] Composant des sels de pâmoison, utilisés pour ranimer les personnes évanouies.

— Hans, murmura-t-il sans que l'assistance pût comprendre.

Seul l'homme qui les avait accueillis savait. Il adressa un discret chut de l'index au réanimé. Émile s'approcha :

— Eh ben mon vieux ! Tu peux t'vanter d'nous avoir fichu la trouille. Te sens-tu mieux ?

Théodore se redressa, encore brumeux.

— Je ne comprends pas ce qui s'est passé.

— T'es tombé dans les vapes ! J't'avais bien dit de t'reposer un ou deux jours de plus après l'accident. T'es pas tout à fait remis.

— Ça va aller maintenant.

* * *

Les cinq hommes s'étaient installés dans un des salons de l'hôtel. Outre Théodore et ses adjoints, étaient également présents un officier supérieur et le militaire allemand qui les avait accueillis. Celui-ci se présenta après que l'inspecteur se fit connaître :

— *Unteroffizier*[1] Hans Villemin. Je suis interprète. À mon côté, voici l'*oberst*[2] Rudolf Schenker, responsable de la sécurité de cette délégation.

Schenker salua froidement d'un signe de tête. Émile chuchota quelques mots à l'oreille de Théodore :

— Ils ont un traducteur, t'as plus vraiment besoin de moi !

— Oh que si ! répliqua l'inspecteur tout aussi discrètement. On en parle tout à l'heure. En attendant, reste attentif et vérifie que l'interprète officiel ne nous mène pas en bateau.

Le policier enchaîna à l'adresse des Allemands :

---

[1] Équivalent de sergent.
[2] Colonel.

— Vous connaissez la raison de ma présence ici. Deux attachés militaires de votre délégation ont été assassinés. Je suis chargé de l'enquête.

Le colonel allemand demeurait de marbre. Pas une réaction, pas un tic nerveux. Était-il insensible à la mort de ses hommes ?

— Pourquoi n'avoir pas signalé la disparition de Klaus Meine ?

Le dialogue qui suivit fut fort décousu. Le sergent Villemin traduisant les questions et les réponses de son supérieur.

— À quoi bon ? Notre présence ici n'est pas souhaitée. On nous abhorre. Nous préférons demeurer aussi discrets que possible pour avoir une chance que la négociation du traité de paix nous soit la moins défavorable possible.

— N'avait-il pas une famille ?

— Oui, très certainement. Mais tant d'hommes ont disparu depuis le début de cette guerre.

Théodore sortit le billet reçu après la publication de la photographie. Il le tendit à Hans Villemin, le porte-parole.

— Cependant, un de vos compatriotes, peut-être vous, a jugé bon d'avertir la police parisienne.

Les Allemands eurent une brève discussion animée avant que l'interprète répondît :

— Cette lettre ne provient pas de chez nous.

Émile se pencha à nouveau vers l'inspecteur et souffla :

— Ils se moquent de nous.

Théodore se leva brusquement et frappa du poing sur la table.

— Nous prenez-vous pour des imbéciles ? Avant de continuer, vous devez savoir que mon collègue connaît votre langue et que vos échanges ne nous échapperont pas.

Se tournant vers Émile, il poursuivit plus calmement :

— Peux-tu m'éclairer sur cette cachotterie dont tu viens de me parler ?

— Voilà, le colonel a dit : cette lettre ne sort pas d'ici. Le sergent a répondu : mais, c'est le lieutenant Roth qui me l'a dictée. Le colonel lui a interdit de le révéler.

Silence.

L'officier ordonna soudain :
— *Bringen Sie das Grammophon mit*[1].

L'appareil fut rapidement installé et les trois Français furent stupéfaits d'entendre à tue-tête un orchestre symphonique. L'interprète sourit avant de donner une explication à ce qui leur semblait être une excentricité.
— L'hôtel est truffé de microphones. Nous sommes en permanence sur écoute et vous comprendrez que nous ne souhaitions pas que ce qui sera dit ici, soit espionné par autrui. Connaissez-vous Hector Berlioz ? *La Symphonie fantastique*. Rapprochons-nous pour conférer.
— Vous évoquiez un certain lieutenant comme l'instigateur de cette lettre.
— L'*oberleutnant* Ulrich Roth, la seconde victime. Meine et lui étaient bons camarades.

S'ensuivit un échange au cours duquel Théodore montra l'étui à cigarettes, la casquette et les chaussures qu'il avait pris la précaution d'apporter. Les Allemands confirmèrent l'identité de Klaus Meine. Ils ne purent en revanche pas reconnaître l'individu dessiné sur le portrait-robot.

Soudain, la porte s'ouvrit et, devant le personnage qui se présentait, les militaires se levèrent et affichèrent la position raide du garde-à-vous. Il ne se fit pas connaître, se contentant d'une question :
— *Was passiert hier ?*[2]
— *Französische Polizisten untersuchen die Morde.*[3]

---

[1] Apportez le gramophone.
[2] Que se passe-t-il ici ?
[3] La police française enquête sur ces meurtres.

L'homme resta sur le seuil et, après un monologue sévère qui figea un peu plus les deux soldats, repartit sans un mot pour les policiers français.

— Nous sommes au regret de devoir mettre fin à cet entretien.
— Une dernière chose, dit Théodore, vexé. Je suppose qu'il est inutile de poser des scellés aux pièces occupées par les victimes. Cependant, je vous demande de rassembler tous les documents produits par ces deux hommes qui ne sont pas en rapport direct avec votre délégation à la conférence de paix. Si leur mort ne vous est pas indifférente, ces messages et rapports me mettront peut-être sur la piste de leur assassin.

L'officier supérieur quitta la pièce sans un regard tandis que l'*unteroffizier* Hans Villemin se dirigeait vers la sortie en priant Théodore et ses adjoints de le suivre. Il leur demanda un court instant avant de les saluer sur le perron de l'hôtel. Discrètement, il plaça un petit billet dans la main de l'inspecteur en lui la serrant. Celui-ci le glissa dans sa poche tout aussi secrètement.

Ils ne s'éloignèrent que de quelques dizaines de mètres pour faire le point. Émile traduisit rapidement l'intervention de l'homme :
— Pour résumer, il leur a signifié que le moment n'était pas à discutailler avec ces *Verfluchtes Französisch*, maudits Français, pour une banale affaire de police. L'avenir de notre Allemagne est en jeu, a-t-il conclu.
— Banale affaire ! Comme il y va, répondit Théodore. Je l'ai reconnu d'après les photographies publiées dans *Le Petit Journal*. Ulrich, comte von Brockdorff-Rantzau, ministre des Affaires étrangères. Je comprends pourquoi nos interlocuteurs se sont transformés en poteaux.

L'inspecteur leur brossa l'article du quotidien qu'il avait lu le matin. La délégation allemande devait remettre ce jour

même ses contrepropositions à la Conférence. Cela expliquait la réaction du comte.
— Ils se prennent pour qui, ces boches ? s'énerva Pierre. Ils ont perdu la guerre ! Ils doivent payer, un point c'est tout.
— Pas si simple, jeune homme. Tout d'abord, ce conflit n'est pas terminé. L'armistice peut être rompu à tout moment. Ensuite, ils sont nos voisins et nous devrons vivre éternellement à leurs côtés. Certes, ils doivent accepter leur défaite, mais, si le traité signé les humilie, sois certain qu'ils voudront prendre leur revanche. Et ça n'en finira jamais. Le gouvernement allemand a éloigné pour l'instant les militaires, mais pour combien de temps ? Déjà, les va-t-en-guerre se réveillent. Comme chez nous d'ailleurs. Tu sais bien qu'ils ont souvent le dernier mot.
— Pas faux, intervint Émile. Dans le meilleur des mondes, il faudrait que les peuples se libèrent de la tyrannie des frontières. Mais quand arrivera-t-il ?
— Revenons-en à notre enquête, dit Théodore. Nous n'avons rien appris que nous ne sachions ou supposions. Une question me turlupine en particulier. Comment ce Klaus Meine a-t-il pu se déplacer à Paris alors que les membres de cette délégation ont interdiction de se rendre dans la capitale ? En attendant, je rentre. Vous, vous allez m'inspecter le bosquet de l'Arc-de-Triomphe de fond en comble. Il traîne forcément un indice ! Pour ma part, je passerai par l'institut médico-légal.

Théodore gagna à pied la gare de Versailles-Rive-Gauche. Pendant la petite demi-heure que dura le trajet jusqu'à la gare des Invalides, il somnola, se remémorant la rencontre improbable. Hans ! Fouillant dans sa poche, il en sortit le bout de papier.

Théodore,
Ce soir, 23 heures.
Église Saint-Symphorien

Il aurait donc à faire le chemin inverse ce soir. Bigre, 23 heures ! Comment rentrer à Paris après minuit ? Il décida de s'y rendre à bicyclette. Le train s'arrêta à la gare des Invalides dans un grand crissement de métal, mettant fin à ses réflexions.

* * *

— Empoisonné, lui aussi.
Le médecin légiste n'y était pas allé par quatre chemins. À peine le policier était-il entré qu'il lui avait donné la conclusion de l'autopsie du second corps.
— Et toujours cette minuscule trace de piqûre, dans la joue cette fois-ci, enchaîna-t-il.
— Curare ?
— Absolument, inspecteur.
— Et où peut-on dénicher cette substance mortifère ?
— En Amazonie !
— Ne vous moquez pas ! À Paris ? J'imagine que cela ne se dégote pas comme une poule dans un poulailler.
— Contrairement à ce que vous pensez, on en trouve assez facilement, pour peu qu'on en connaisse la filière. Je pourrais vous exposer nombre de recherches médicales qui ont pour objet son utilisation en anesthésiologie. Savez-vous comment les Amérindiens nomment ce poison ? La mort qui tue tout bas.
— Et les piqûres ?
— Là aussi, obtenir une sarbacane et des fléchettes est très aisé. Paris regorge de boutiques de curiosités, souvent alimentées par un trafic mondial d'œuvres d'art et d'antiquités provenant des colonies. Sans parler des expositions universelles.
— Faut-il encore savoir utiliser ces armes.
— Certes, certes, mais cela dépasse mes compétences. C'est vous le flic. Ah ! Au fait ! Voici un billet trouvé au fond de sa poche.

Si vous voulez apprendre comment votre collègue a été assassiné, rendez-vous ce soir dans le parc, derrière le bosquet de l'Arc-de-Triomphe.
À 22 heures précises, et seul.

* * *

Le commandant de Cointet écouta attentivement le rapport de Théodore. Il attendit que celui-ci ait terminé avant de donner son avis :
— Vous n'êtes pas sorti de l'auberge ! Si je puis me permettre cette familiarité.
L'inspecteur ne lui avait pas parlé de Hans et du rendez-vous qu'il avait le soir même à Versailles. Ce qui lui paraissait étrange, c'était que ce chef du deuxième bureau ne lui ait rien appris. Tout de même, deux Allemands assassinés en France en ce moment si crucial pour la paix du monde, cela devrait le motiver. Au lieu de cela, il semblait se conforter dans une position attentiste. Y aurait-il quelque secret politique derrière tout cela ? Il regimba :
— Et on ne peut pas dire que je dispose d'un concours très efficace de vos services ! Il n'est qu'à lire le premier rapport sur le meurtre du second militaire. Bâclé !
— Que voulez-vous ! À chacun son métier. Le président du Conseil a décidé de vous plonger dans cette barbotière. Je respecte, tout en la désapprouvant, cette résolution. Il aurait cependant dû vous prévenir qu'il n'y avait pas que des canards dans cette mare. Quelques crocodiles ont intérêt à y enfouir leur secret.
— Vous l'avez dit, à chacun son métier. Alors je reprends le mien. Que pouvez-vous me dire à propos de l'automobile dont je vous ai donné le numéro de plaque ?
L'officier parut gêné. Il se frotta longuement les mains avant de répondre :
— Je constate que vous ne lâchez jamais le morceau ! Cette Renault, puisqu'il s'agit du modèle 12 CV DG, fait effectivement partie de notre parc, comme vous le supposiez.

Le commandant hésita encore. Théodore s'impatienta :
— Allez-vous me dire enfin qui la pilote habituellement ?
— C'est qu'elle a disparu du dépôt depuis quelques jours, sans doute volée. Cette automobile n'a pas de conducteur désigné.
— Volée ? Les garages ne sont-ils pas gardés ?
— En effet, et c'est cela que je ne m'explique pas, d'autant plus que les clefs de contact, qui sont normalement sur un panneau de la guérite de la sentinelle, se sont également évanouies.
— Pourrais-je interroger les préposés ?
— Je ne vois pas comment vous en empêcher.

Le commandant de Cointet se leva, mettant d'autorité fin à l'entretien.

11

Trois heures. Théodore se rendit compte qu'il n'avait pas dîné. Le Service de Renseignement et de Contre-Espionnage Français se situant au 175, rue de l'université, il n'avait que quelques pas pour aller au pied de la Tour de monsieur Eiffel où il savait trouver des ambulants. Cuisse de poulet froid, pain et picrate, cela suffirait à le sustenter. Il ressortit les trois messages. Ceux récupérés sur les corps des deux assassinés étaient sans nul doute de la même main. Trait nerveux, rapide. L'écriture de Hans était, elle, complètement différente, appliquée, plus scolaire. Voilà qui éliminait peut-être un suspect. Bien maigre résultat. Et cette automobile ?
    Une idée !
    Quatre heures n'avaient pas encore sonné, il avait le temps de passer par Belleville.

— Salut l'apache.
— Tiens, un poulet ! Visite de courtoisie ? ironisa l'homme.
— J'ai besoin de tes services.
— Pourquoi ne suis-je pas surpris ? On dirait que tu ne me connais que pour ça, des petits services. Quand aurais-je fini de payer ma dette ?
— Mais ça fait un moment que tu ne me dois plus rien !
— Alors adieu !
    L'apache fit mine de partir avant de se retourner. Voyant la figure éberluée de l'inspecteur, il piqua un fou rire.
— T'y as cru !

— Que veux-tu que je te réponde ? Patate crue ? C'est sérieux, mon vieux.
— Je t'écoute.
— Serais-tu capable de me retrouver une automobile ? Celle qui m'a bousculé l'autre jour. Elle appartient à l'armée de terre et a, semble-t-il, été volée ?
— Tu sais combien de bagnoles roulent à Paris et sa banlieue ? Des dizaines de milliers !
— Combien ont été dérobées à leur propriétaire ? Ne me dis pas que tu n'as pas dans tes connaissances quelque fripon qui puisse m'aider.

L'apache réfléchit. Épauler Théodore, certes, mais balance, jamais. Bien sûr qu'il avait ses entrées dans le milieu du carambouillage mécanique. Théodore insista :

— Écoute ! Cette voiture, je m'en fous. Tout ce que je veux, c'est la fouiller de fond en comble. Il y a peut-être un indice qui m'orientera vers le chauffeur, et c'est lui qu'il me faut.
— Ça marche ! Si elle a vraiment été volée, je te la retrouverai. Je te laisse fixer le prix.
— 10 francs ?
— 20, y'aura des intermédiaires.
— D'accord pour 20. Quand ?
— Comme tu y vas ? Est-ce que je sais ? Tu l'apprendras en temps et en heure.
— Le plus vite sera le mieux. Au fait, il me faudra les empreintes digitales de l'acquéreur si elle a été revendue.
— Ben voyons !
— Indispensable si je veux les exclure du champ des suspects. Je te jure que je les détruirai une fois la comparaison faite.

***

Il mit près de deux heures pour rejoindre Versailles sur sa bicyclette. Amplement en avance, l'inspecteur se permit une large pause dans la forêt de Fausse-Reposes, à quelques kilomètres de l'église Saint-Symphorien. Allongé au pied d'un grand chêne, il y somnola jusqu'à la tombée de la nuit et fut surpris de constater que les ténèbres n'y étaient pas silencieuses.

Hans ! Le trou d'obus se creusa à nouveau sous lui, plus profond encore. Sa main effleura la terre. Cela le terrifia et il se leva d'un bond.

Théodore patientait depuis dix bonnes minutes sous le porche quand Hans s'approcha. Le petit croissant de lune n'éclairait pas suffisamment pour qu'on les reconnût depuis la rue.

— Schnaps ? proposa l'Alsacien après qu'ils s'étaient assis sur une des marches du perron.
— Pourquoi pas ! Cigarette ?
— Avec plaisir.

Ils hésitaient tous les deux à entamer ces retrouvailles. Ce fut Hans qui, finalement, se décida :
— Je vois que tu n'en es pas revenu entier.
— Bah, il faut relativiser et accepter. La vie est à ce prix. Ça m'est arrivé dans le trou même où nous nous sommes fortuitement rencontrés. Juste après t'avoir renvoyé. Un grand bruit et...
— L'important, c'est que tu t'en sois sorti.

L'émotion avait envahi la nuit. Pourtant l'inspecteur ne pouvait se satisfaire de cet instant fascinant que seuls le hasard ou la Providence avaient la faculté de produire.
— Et si nous en venions à l'objet de ce rendez-vous ?
— J'ai des révélations.
— Je l'imagine aisément, je t'écoute ?

Hans s'exécuta. Alsacien de naissance, il n'avait connu que la tutelle allemande qui suivit la défaite de 1871, le *Reichsland Elsaß-Lothringen*[1] faisant partie intégrante de l'empire

---

[1] Territoire d'empire d'Alsace-Lorraine.

allemand. Ses parents, contrairement à nombre de leurs concitoyens, ne se résolurent jamais à cet état de fait, même s'ils ne souhaitaient pas émigrer comme le traité leur en donnait la possibilité. Attachés à la France, ils ne l'étaient pas moins à leur ville de naissance. Ils résistèrent à leur manière en enseignant secrètement la culture et la langue française à leurs enfants.

Quand la guerre avait éclaté, Hans avait fui le territoire allemand, comme trois mille Alsaciens-Lorrains, pour s'enrôler dans l'armée française, les autres, une écrasante majorité, répondant mollement à l'ordre de mobilisation du Kaiser.

Théodore l'interrompit :
— Mais pourquoi portais-tu le casque à pointe[1] quand on s'est fortuitement rencontré ?
— Patience, tu vas bientôt comprendre.

Arrivé à Nancy, qui n'était pas passée sous occupation allemande, Hans avait été incorporé au 26e Régiment d'Infanterie. Là, après deux mois de classes, un officier était venu le trouver, qui lui avait proposé ni plus ni moins que de devenir espion français dans l'armée allemande. Il avait accepté de rentrer à Saverne et de se faire enrôler chez l'ennemi. Ses parents ne s'en étaient pas remis.
— Mais alors, ta présence dans cet hôtel…
— Cesse donc de piaffer ! Laisse-moi terminer.

Début 1915, Hans avait été envoyé sur le front de l'Est comme bon nombre d'Alsaciens-Lorrains. En effet, les Allemands se méfiaient d'une trop grande proximité de ces descendants de Français avec les champs de bataille du nord et de l'est de la France. C'est ainsi qu'il s'était retrouvé en Galicie[2] à protéger la Hongrie de l'invasion des Russes.

---

[1] Le casque à pointe était le symbole de l'armée allemande pour les Français. En réalité, la pointe fut supprimée en 1915, mais l'image demeura.
[2] Province de l'Empire d'Autriche, aujourd'hui répartie entre la Pologne et l'Ukraine.

Sans fournir de renseignements au sujet de ses missions secrètes, il décrivit sa guerre jusqu'en 1917. Cette année-là, les Allemands commencèrent à dégarnir les lignes du front de l'Est au profit de celles de l'Ouest. En effet, la révolution russe pointait le bout de son nez avec les évènements de février et l'abdication du tsar Nicolas II et il ne faisait aucun doute pour le commandement que les combats baisseraient d'intensité. On le transféra en France.

— Et c'est comme ça que je me suis retrouvé face à toi dans ce trou d'obus !

La flasque d'alcool était vide, ne restaient que quelques cigarettes. Théodore posa enfin la question qui le taraudait depuis un moment :

— Et dans cet hôtel, es-tu Français ou Allemand ?

— Mais tu connais déjà la réponse ! Français évidemment. Ce ne fut pas si simple ! Après un bref séjour dans un camp de prisonniers près de Lyon, à participer à la construction du stade[1], je fus réincorporé dans l'armée française après naturalisation. On m'y dénicha pour jouer à l'interprète de cette délégation.

— On ?

— Les services du deuxième bureau, si tu préfères. Nul besoin de te dire que, si je te dévoile ces secrets, je te demande expressément de les garder pour toi. Je ne l'ai fait qu'en souvenir d'un certain jour qui a relié nos âmes.

Mais alors, ce commandant de Cointet est dans la confidence ! Sans doute même l'instigateur. À croire qu'il n'a pas du tout envie que je découvre le meurtrier. Quand je pense qu'il prétendait manquer d'interprète ! Après tout, deux boches de moins...

Si Théodore était furieux, il n'en laissa rien paraître.

---

[1] Les prisonniers de guerre allemands travaillèrent en effet à la construction du stade de Gerland.

— J'imagine donc que tu ne me seras d'aucune aide dans l'enquête que je mène.
— Désolé, mon ami. Les enjeux sont par trop importants.
— Pas même un petit indice ?
— Allez, c'est bien parce que c'est toi ! Ne t'es-tu pas demandé comment ces deux officiers se sont retrouvé l'un en plein cœur de Paris, l'autre dans le parc du Château de Versailles, en pleine nuit ? Alors que l'hôtel est surveillé vingt-quatre heures sur vingt-quatre, sept jours sur sept et que nos sorties ne peuvent se faire que dans un périmètre restreint et sous bonne garde. Moi-même, comment ai-je pu venir à ta rencontre ce soir ?

Un sourire malicieux illuminait le visage de l'interprète. Théodore s'impatienta :

— Arrête donc de me faire lanterner. J'ai encore deux heures pour rentrer et, à ce rythme, je suis bon pour une nuit blanche !

— Soit ! Il y a un souterrain.

— Un souterrain ?

— Sais-tu que cette résidence, qu'on nommait l'hôtel de la Pompadour, communiquait avec le château ? Il reste des vestiges de ce couloir qui amène sous la fontaine de *la France triomphante* ?

— Près de l'endroit où a été trouvé le corps du second mort ! Comment avez-vous découvert cela ?

— Ce n'est pas parce que l'armistice a été signé que les services de renseignement allemands sont au chômage. Certains parmi les agents sont si admiratifs de l'architecture à la française qu'ils en savent bien plus que la majorité de nos compatriotes. Quelques fouilles dans les caves à notre arrivée et voilà le passage secret repéré !

— Deux dernières questions, même si j'ai ma petite idée là-dessus. Le signalement après la parution de la photographie dans la presse, c'est toi ? Avez-vous rassemblé les documents ?

— Pas tout à fait. Ulrich Roth, le second assassiné, est venu me voir un soir avec la coupure du journal. Il m'a demandé de le rédiger et de l'envoyer. Nous ne pouvions faire plus dans le contexte que tu commences à deviner. Quant au dossier, j'ai transmis ta réquisition. Ils le constitueront, même en rechignant.

* * *

Le réveil fut difficile. Théodore commençait à désespérer d'obtenir un résultat. Rien, ou pratiquement rien ! Il en était là de ses réflexions devant un café qui s'était refroidi quand on frappa.
— Pierre ! Tu tombes bien. As-tu un peu de réconfort à m'apporter ? Un petit noir ?
— Ne le laisse pas bouillir cette fois. Café bouillu, café foutu ! On l'a retrouvée !
— Retrouvée quoi ?
— La fléchette, pardi !
Le jeune homme sortit de sa poche une boîte qu'il ouvrit précautionneusement et déposa l'objet qu'elle contenait sur la table.
— Attention, poursuivit-il, la pointe est sans doute encore empoisonnée. Aucune empreinte.
— Quand même ! Pourquoi une sarbacane ? Un revolver ferait aussi bien l'affaire.
— Peut-être pour le silence ?
— Le couteau alors ?
— Tu oublies que la sarbacane propulse la flèche à plus de dix mètres sans nécessiter le corps à corps. Il suffit que le tireur soit embusqué derrière un fourré. Ni vu, ni connu, ni entendu !
— Je te suis, mais…
— Pourquoi toujours des mais ? Ne peux-tu accepter que j'aie un peu raison de temps en temps ?
— Mais je me range à tes arguments ! Je me pose simplement la question du nombre d'individus en France capable de viser aussi juste avec cette arme si peu conventionnelle. En attendant qu'une illumination veuille bien nous éclairer,

que penses-tu de m'accompagner à l'institut médico-légal pour confier cette fléchette à notre ami légiste qui pourra nous en dire plus ? Est-elle empoisonnée ? Est-ce le même poison ? Nous continuerons sur Belleville prendre des nouvelles de mon apache.
— Ton apache ? Ma parole, on dirait que tu t'es entiché de ce bandit !
— Mais oui, mon jeune camarade. Dans cette affaire, il semble que les instances officielles soient défaillantes à nous apporter le soutien dont nous avons bigrement besoin. En conséquence, je considère que je dois mener cette enquête dans la plus grande discrétion. Je lui ai confié une mission dont j'attends les premiers résultats.
— Peut-on savoir ?
— L'automobile. La seule chose que j'ai pu apprendre des services de l'armée, c'est qu'elle a disparu avec les clefs. Alors j'ai chargé Maurice de faire le tour des fourgues. Et puis cesse avec tes appréhensions vis-à-vis de lui. Il est honnête, à sa façon, et surtout fidèle à la parole donnée.
— Si tu le dis... Au fait, le commissaire veut te voir.
— J'imagine que ce n'est pas pour me faire un câlin ! On fera donc le détour.

* * *

Théodore ne s'était pas trompé. Le commissaire Vandamme ne l'avait pas convoqué pour lui dire des mots doux, bien au contraire.
— Embaucher un vieil anar comme interprète passe encore, mais un coupe-jarret, vous dépassez les bornes, Méry !
— Pardon ? répondit le subordonné, faisant mine de ne pas comprendre.
— Ne prenez pas cet air imbécile. Vous savez très bien de quoi je parle. Je parie en plus que vous les payez avec les subsides que vous m'avez soutirés.
— Soit ! J'avoue. Puis-je vous demander de qui vous tenez cette information ?

— Quelle importance ? J'ai mes sources.
Théodore fulminait, il sortit de ses gonds.
— Vos sources ! Parlons-en. Encore la lettre anonyme d'un honnête citoyen qui se pose en juge d'un tribunal à charges. Depuis quand privilégie-t-on ces renseignements à la parole des policiers ? Vous verrez qu'un jour, ces justiciers appliqueront eux-mêmes la sentence qu'ils auront décrétée, sans que la défense du prévenu soit assurée. Pour votre information, dans cette enquête, les organes officiels ne cessent de me mettre des bâtons dans les roues, à commencer par vous.
— Comment osez-vous...
— Laissez-moi terminer ! Vous trouverez ensuite la meilleure manière de me jeter en dehors de cette belle institution. Et que dire de l'intervention du président du Conseil ? Cette affaire pue l'embrouille des services secrets. Et je me retrouve là-dedans comme un chien dans un jeu de quilles, empêcheur de tourner en rond. Vous connaissez la dernière ? Je cherche une automobile. Elle n'existe pas à la préfecture et l'armée, à qui elle appartient, ne sait que me dire qu'elle a disparu. Théodore, débrouille-toi ! Alors oui, j'appelle à la rescousse ces individus qui me sont fidèles et en qui j'ai toute confiance. Ils n'ont jamais tué, contrairement au meurtrier dont j'essaie de suivre la piste. Et s'ils ont quelques délits dans leur casier ou des idées aux antipodes de la pensée générale, peu me chaut. Puis-je voir cette fameuse lettre ?

Vandamme, qui s'était renfrogné au fond de son confortable fauteuil, la sortit du tiroir et la tendit à son subalterne.

Monsieur le commissaire,
il est grand temps de dresser l'inspecteur Méry. Vous devez savoir qu'il fraie avec le milieu anarchiste et, pire encore, avec les apaches de Belleville.
Serviteur

Théodore resta stupéfait un moment sans que son supérieur l'interrompe. Il sortit de sa poche le message trouvé sur Klaus Meine et confronta les deux écritures. Identiques ! Il les posa côte à côte sur le bureau du commissaire.
— Voilà qui me conforte. Veuillez comparer ces deux lettres. Nul besoin d'être un expert confirmé pour discerner les multiples points de convergence. Elles ont sans nul doute le même auteur, c'est-à-dire le meurtrier de l'inconnu du parc Montsouris.

Pierre, qui n'avait pas dit mot durant l'altercation, intervint :

— Mais alors, ça veut donc dire que nous sommes surveillés et que...

— Bien sûr Pierre, répondit Théodore, nos faits et gestes sont épiés, depuis le début. Rappelle-toi l'individu de la rue Chanoinesse ! Penses-tu qu'il était là par hasard ? Et celui de la brasserie de Versailles, sans doute le même. Qui aurait pu deviner que notre interprète était anarchiste, que notre ami Maurice avait des activités répréhensibles avant-guerre ? Il a donc fallu qu'il enquête lui aussi de son côté.

Le commissaire se ragaillardit et les enjoignit à la prudence :

— Vous allez avoir à surveiller vos arrières.

— Rassurez-vous, nous le faisons déjà. Ce qui m'inquiète, c'est qu'il pourrait s'en prendre à Émile.

— Placez-le sous protection.

— De la police ? Jamais il n'acceptera d'être chaperonné par un de la rousse, comme il dit.

— Évidemment, mais votre apache ne pourrait-il pas le couver quelque temps sous son aile ?

— Commissaire, je vous retrouve bien là. Bien sûr.

— Ne pérorez pas trop, Méry ! Même si je comprends vos motivations, je ne saurais ouvertement couvrir vos méthodes. La police est une affaire d'équipe et de partage, il semble que vous l'ayez oublié. Cette affaire fait malgré tout exception, puisque commandée par notre président du

Conseil, mais veillez à ne pas déserter votre bureau à la préfecture.

* * *

C'est en fin d'après-midi que Pierre, Théodore et Émile prirent le tramway funiculaire de Belleville. Convaincre le chiffonnier n'avait pas été facile, mais il avait fini par plier. Difficile d'identifier parmi les passagers un individu ayant l'air de les suivre. Cet ouvrier coiffé d'une casquette ? Ce commis livrant un paquet ? Ils retrouvèrent l'apache à l'emplacement de l'ancienne ferme de Savies, détruite. Pathé Frères venait d'y construire une usine de fabrication de matériel pour le cinéma. La plus importante de Belleville, disait-on.

— Salut, leur dit-il laconiquement.
— Bien le bonsoir, Maurice, répondit Théodore. Je t'amène notre Émile qui aurait besoin d'une protection rapprochée.
— Quoi ?
— Nous soupçonnons les assassins de nous pister de très près. Une lettre anonyme envoyée à la préfecture laisse supposer qu'ils n'ignorent rien de vous. Si je te sais en mesure d'assurer ta sécurité, je ne crois pas que notre chiffonnier soit en mesure de se défendre seul. J'ai pensé qu'il pourrait se réfugier sous ton aile le temps que cette affaire se résolve.
— Toi, on peut pas dire que tu manques de toupet ! Mais tu as bien fait. Qu'en dis-tu l'Émile ?
— J'aurais refusé si ça n'avait été toi.
— Bon, tu partageras ma baraque de tôles avec ma famille. Ici, c'est Belleville, les immeubles côtoient les taudis.

Théodore fut ravi de cette entente. Nul doute que l'apache prendrait soin de son nouveau protégé. Il l'interrogea cependant à propos de la famille dont Maurice ne lui avait jamais parlé :
— Tu as une famille ?

— Pas vraiment au sens où tu l'imagines. Quelques gamins des rues qui n'ont aucun endroit où dormir. Je les héberge, voilà tout.

Et ces gamins font la rapine pour toi, pensa l'inspecteur.

Il en vint au sujet principal de la visite :
— Et cette automobile ?
— Introuvable ! Et pourtant, j'ai fait tous les recéleurs spécialisés de Paris et des environs. De ceux qui savent te désosser une bagnole en une nuit pour en vendre les pièces détachées le lendemain, et aussi de ceux qui sont capables, en quelques heures, d'en livrer une en Belgique. Rien, nada !
— Elle est bien quelque part cependant.
— Ben oui, deux tonnes, ça ne s'évapore pas. Tu veux mon avis ?

L'apache n'attendit pas la réponse :
— Cette auto n'a pas été volée. Enfin, pas selon ma définition. Le gaillard qui s'est efforcé de t'envoyer *ad patres* a sans doute effacé les traces. Elle est au fond de la Seine ou dans une grange, bien à l'abri.
— Ça ne m'arrange pas !
— Parce que tu ne réfléchis pas assez. Fais marcher tes méninges. Voilà que je dois faire le flic à ta place. Un comble ! Premier point, la bagnole a disparu du garage avec les clefs. Deuxième point, on s'en sert pour essayer de te buter. Troisième et dernier point, pas de trace chez les fourgues. Procède par élimination. Si un voleur un tant soit peu normal avait pris le risque de pénétrer dans ce garage gardé par des militaires pour la subtiliser, c'est certain qu'il l'aurait vendue illico, l'accident n'étant que pure coïncidence. C'est donc pas un professionnel ! Si tu admets que son seul objectif était de te renverser mortellement, le reste suit : il emprunte une automobile, tente de t'assassiner et, constatant qu'il t'a loupé et qu'il y a peut-être des témoins, se débarrasse de l'arme improvisée et...

Pas de doute, l'apache avait raison. Théodore l'interrompit :

— Et pourquoi prendre une voiture dans cet entrepôt militaire ? Parce que notre chauffard est un militaire lui-même, autrement, il l'aurait volée sur la voie publique.
— Tu vois, quand tu cogites un peu !
— Un militaire français.

12

Ce dimanche premier juin, Théodore avait donné rendez-vous à Pierre devant le Vél' d'Hiv'[1]. Une récréation bienvenue pour ces deux amateurs de la petite reine. Des épreuves de cyclisme sur piste étaient prévues toute la journée et ils espéraient bien approcher les champions, notamment Jean Alavoine et Eugène Christophe, venus en spectateurs avant le départ du prochain Tour de France, déjà surnommé la course des survivants, qui débuterait fin juin.

Outre le volet sportif, un des charmes de ces compétitions tenait dans le fait qu'elles attiraient toutes les classes sociales, du bourgeois lassé des hippodromes à l'ouvrier qui avait économisé tout le mois pour s'enfiévrer des exploits des athlètes. Le ciel était radieux ; ils prirent plaisir à chacun des sprints que les protagonistes disputaient âprement.

Ce fut en fin d'après-midi, alors que Théodore cherchait de la monnaie dans ses poches pour payer les limonades qu'il avait commandées, que l'affaire les rattrapa. Lisant un morceau de papier qu'il venait de découvrir au fond de l'une d'elles, il s'écria :
— Merde !
Pierre se rapprocha et lui prit le billet de mains. Il le parcourut lui aussi.

Ainsi, vous n'avez pas compris les avertissements !

---

[1] Vélodrome d'Hiver de Paris.

Celui-ci est la dernière sommation. Si je vous ai raté à la sortie de la gare, croyez bien que la prochaine tentative sera la bonne si vous vous obstinez.
N'insistez pas ou il vous en cuira.

Il scruta les environs à la recherche du messager, aucune trace évidemment.

— Inutile, lui dit Théodore encore tout remué. Je ne sais même pas depuis quand ce fichu papier a été placé dans ma poche. Bon sang ! Il était là, à nous observer, à nous espionner bien tranquillement. C'est ça qui me met le plus en colère.

— Il prend quand même pas mal de risques. Un jour ou l'autre, nous l'attraperons.

— Pourvu que cela ne soit pas à la saint-glinglin ! Il se sent fort, sûr de lui.

— Trop sûr ! Il commettra une erreur.

Théodore sirota lentement sa limonade et alluma une cigarette. Il ne fumait habituellement pas, mais avait toujours un paquet de Gitanes maïs sur lui. Le goût âcre lui envahit la bouche. Pierre le laissa dans ses pensées, distrait par la foule acclamant les champions.

— Mais, il l'a commise ! hurla presque l'inspecteur. En tout cas, il nous a donné une piste.

— Comment ça ?

— Mais oui ! Relis ce message, relis-le bien.

— Bah, je ne distingue rien qui ressemble à un indice.

— Il fait partie de la haute !

— De la haute quoi ?

— De la haute, voyons, de la haute société, du beau monde qui s'exprime avec une langue recherchée. *Ainsi, vous n'avez pas compris*, un individu d'une plus basse condition aurait sans doute écrit *Donc, vous n'avez pas compris*. Et ce *ou il vous en cuira*, ça sent presque la noblesse du siècle dernier. On le croirait extrait d'un roman de cape et d'épée. Quant à ce mot, *sommation*, ça ressemble plutôt à une terminologie de soldat ou de policier.

— Je te suis, mais ça nous amène où ?

— Si j'admets l'idée de notre ami Maurice selon laquelle notre homme est un militaire, alors je conclus de cette analyse linguistique que ce militaire ne peut être qu'un haut gradé.

— Tiré par les cheveux, tu ne trouves pas ?

Théodore était trop enthousiaste pour douter de son raisonnement.

— C'est presque notre seul fil, et si je le déroule un peu, je peux imaginer que cet individu exerce dans les services d'espionnage ou de contre-espionnage.

— De mieux en mieux, sourit Pierre.

— Ne te moque pas, mon jeune ami, un officier en relation avec des membres de la délégation allemande, ça ne court pas les rues. Car il n'a pas tué ces Allemands par hasard. Et puis il y a l'arme utilisée.

— Ça fait beaucoup, en effet. Comment penses-tu réorienter notre enquête ?

— Je ne sais pas encore, mais, pour fêter cette avancée, je t'invite ce soir chez *Zeyer*. Pré-salé et Châteauneuf-du-Pape à volonté... et des ris d'agneau pour nous ouvrir l'appétit.

* * *

— La Renault ? Une 12 CV DG ? Mais elle est rentrée !

La bombance de la veille avait donné des idées à Théodore. Pierre et lui s'étaient donné rendez-vous devant le dépôt des véhicules d'où avait disparu l'automobile. Le planton avait appelé l'adjudant chargé du parc.

— Comment ça, rentrée ?

— Cela arrive parfois. Il semble que quelqu'un l'ait ramenée hier.

Décidément, pensa Théodore, on n'en sortira jamais. Pas moyen d'avoir la moindre assurance, la plus petite certitude.

— Qui est ce quelqu'un ?
— Justement, c'est là que réside encore le mystère. Hier, on était dimanche et le garage n'était normalement pas ouvert, gardé par une seule sentinelle. Je ne m'explique pas comment ce véhicule a pu réintégrer sa place. De plus, comme vous le savez déjà, la page du registre concernant sa réservation a été arrachée et rien aujourd'hui qui spécifie son retour.
— Le factionnaire a forcément vu quelque chose !
— Il se trouve que c'est lui qui monte la garde en ce moment. Interrogez-le.

Le soldat, somnolant dans sa guérite, ne leur apprit rien. L'entrée du dépôt avait été verrouillée la veille toute la journée. Tout juste admit-il s'être absenté quelques minutes pour répondre à un besoin naturel. Théodore insista :
— Mais bon sang, cette automobile n'est pas rentrée toute seule, par l'opération du Saint-Esprit ! Il faut bien que quelqu'un ait ouvert le portail.
— Je ne sais quoi vous dire de plus.
L'inspecteur, découragé, se renfrogna. Saisissant son calepin et un crayon, Pierre prit le relais, d'une manière un peu plus autoritaire :
— Remettons ça ! Nom, prénom, matricule.
Le soldat interrogea du regard son adjudant qui, par un signe de tête, lui commanda de répondre. Il s'exécuta :
— Saratxaga, Alphonse, matricule 3148, classe 1902.
Le jeune adjoint s'adoucit :
— Basque ?
— Oui, d'Ustaritz.
— Connais-pas. Mais que faites-vous encore dans l'armée à bientôt quarante ans ?
— Je n'ai pas le choix. Plus que trois mois à tirer ! Après, je retrouverai mon frère au garage.
— Mécanicien ?
— C'est pour cette raison qu'ils m'ont affecté ici. J'entretiens les véhicules.

— Bon, parlons sérieusement, voulez-vous ? Hier matin, pas d'automobile, hier soir, elle est revenue. On ne peut pas dire que le moteur soit silencieux au point que vous n'ayez pu l'entendre. Alors ?

L'homme baissa les yeux et considéra ses chaussures poussiéreuses.

— Alors ? enchaîna Théodore qui soupçonnait une entourloupe. Regardez-moi !

— C'est que...

Le soldat fixa l'adjudant qui s'approchait, soudainement intéressé. Celui-ci s'exclama :

— Vide ton sac, Saratxaga ! Et complètement, c'est le meilleur moyen de t'en tirer sans goûter au trou.

— Voilà, hier, dans la matinée, un homme est arrivé devant la porte avec cette automobile. Il en est descendu et m'a demandé d'ouvrir. Alors que je lui signifiais que je n'en avais pas l'autorisation et qu'il devrait repasser le lendemain, il s'énerva. *C'est un ordre*, me cria-t-il après s'être présenté comme officier. Vous comprenez, face à un capitaine, je ne pouvais qu'obéir. Je le laissai entrer et ranger le véhicule.

— Capitaine ? l'interrompit Théodore. Son nom.

— J'ai pas bien saisi, effrayé que j'étais. Quelque chose comme Lépineux.

Mû pas une soudaine inspiration, l'inspecteur sortit le portrait-robot de sa poche et le montra au soldat.

— Je crois bien que ça lui ressemble, mais vous savez, je ne suis là que depuis deux semaines.

— Était-il vêtu d'un uniforme ?

— Non, complet-veston. J'ai tout de même été étonné qu'il porte des gants.

— C'est tout ?

— Oui. Serais-je puni ?

Théodore consulta rapidement l'adjudant avant de rasséréner la sentinelle :

— Certainement un blâme, mais rien de bien méchant, rassurez-vous.

Lépineux ? Sans doute un nom d'emprunt. Ils examinèrent l'automobile sans résultat ; pas le moindre signe d'un accrochage qui aurait établi son lien avec l'attentat dont il avait été victime. L'aile qui aurait dû garder quelques traces, au moins de la valise qu'elle avait fait voler, semblait neuve, trop neuve. À l'intérieur, aucun indice. Logique, s'il prenait la peine de porter des gants.

Ce fut Pierre qui eut l'idée qui permit de progresser dans cet embrouillamini.

— Adjudant, pouvez-vous nous confier les registres des entrées et des sorties ?

— À quoi bon, puisque la page qui contenait la référence à cette automobile a été arrachée ? Pour répondre à votre question, ces documents ne peuvent quitter ce local.

— Alors, donnez-nous un bureau, deux chaises et un éclairage, que nous puissions les consulter sur place.

Ainsi fut fait. L'idée du jeune adjoint était si simple que Théodore se reprocha de ne pas y avoir pensé. L'officier devait avoir ses habitudes et il y avait de grandes chances qu'il ait déjà emprunté une voiture auparavant. Si c'était le cas, la possibilité existait pour que l'écriture ressemblât à celle des billets retrouvés sur les cadavres.

Ils feuilletèrent le lourd cahier durant plus d'une heure à la recherche d'indices graphologiques. La tâche était ardue, car, en dehors des noms et prénoms, peu de mots permettaient de faire une comparaison. Pierre s'avoua vaincu :

— Trop compliqué ! Nous arrivons à la fin, sans résultat.

— Sans doute n'utilisons-nous pas la bonne méthode, répondit Théodore. N'est pas expert en écriture qui veut ! Il nous faut recommencer, mais différemment. Jusqu'à maintenant, nous prenions les termes dans leur ensemble alors qu'ils ne sont pas sur les feuillets de référence. Cette technique permettrait infailliblement de retrouver l'auteur si les contenus étaient semblables, mais pas dans notre cas. Laisse-moi réfléchir un peu.

Théodore se tint la tête dans les mains, les coudes sur la table. Plusieurs minutes passèrent avant qu'il se relève, radieux.

— Ouvre ton calepin et recopie caractère par caractère les textes de référence en imitant au mieux la forme. Une ligne par lettre.

— Comme à l'école, quand on faisait des rangées d'écriture ?

— Exactement, mais en plus grand et en calquant scrupuleusement le tracé sur l'original.

— Et après ?

— Eh bien mon petit, il faut tout recommencer, cette fois-ci en vérifiant chacune des lettres du registre.

— Mais c'est un travail pharaonique !

— Certes, mais pas tant que tu le crois. Nous allons d'abord nous focaliser sur les *e* et les *a*, qui sont des voyelles que nous sommes pratiquement sûrs de retrouver dans tous les noms et prénoms.

Ils se remirent donc à leur étude, sans se préoccuper du temps qui passait, Théodore scrutant les *e* et Pierre les *a*.

— Adjudant ! cria Théodore. Une loupe s'il vous plaît.

— Et comment voulez-vous que j'en trouve une !

— Prêtez-moi vos lunettes.

L'inspecteur rapprocha la lampe et ajusta le foyer des verres pour tenter un grossissement. Il tendit l'ustensile improvisé à Pierre :

— Pour les *e*, ça ressemble beaucoup, regarde de ton côté.

Les jeunes yeux de l'adjoint n'eurent aucun besoin d'outil pour vérifier que les *a* étaient vraiment très semblables.

— On le tient, s'écria-t-il.

— Tout doux ! Comparons encore.

Il fallut près d'une demi-heure aux deux graphologues amateurs pour acquérir une certitude. L'individu en question avait requis une automobile cinq à six fois depuis le début de l'année.

— Cette fois-ci, dit Théodore en se levant, capitaine d'Aunaie, je vous ai dans le collimateur.

L'adjudant eut beau protester, le registre devrait rejoindre la préfecture de police, dans l'espace réservé aux pièces à conviction.

* * *

Trop excités par leur découverte, les deux policiers ne furent pas suffisamment attentifs pour apercevoir l'individu qui les épiait à leur sortie de l'entrepôt.

— Mon cher Méry, il est dommage que vous n'ayez pas suivi mes conseils, murmura celui-ci d'un air sinistre. Je vais devoir sévir.

13

Après une nuit perturbée par le portrait-robot qui prenait vie et dansait autour de lui, Théodore fit un détour par l'hôpital de la Charité avant de s'entretenir avec le commandant de Cointet. La discussion risquait d'être houleuse. Kléber, somnolant, entrouvrit les yeux quand il perçut le contact d'une main qui lui prenait la sienne.
— C'est toi, fils ?
— Oui, papa. Comment te sens-tu ?
— Comme un homme en passe de clore le dernier chapitre d'une existence agitée. Un épilogue moins dramatique que je ne le craignais, puisque tu es là.

La conversation, qui ne dura pas plus de trente minutes, fut plus alimentée de silences que de mots. Mais ces silences étaient aussi éloquents que de longues phrases. Il n'y eut plus de reproches, les griefs de Théodore s'étaient envolés. L'amour, ou tout du moins la tendresse du fils, circulait à travers les mains qui se touchaient.

**

L'inspecteur retrouva Pierre devant le 175, rue de l'université, siège du Service de Renseignement et de Contre-Espionnage.
— Il est temps pour toi de rencontrer le chef des espions. Tiens-toi derrière moi et observe en silence. Il est possible

qu'il n'accepte pas ta présence, dans ce cas, sors sans regimber.

Contrairement aux craintes de Théodore, le commandant de Cointet ne fit aucune difficulté lorsqu'il aperçut celui qui lui fut présenté comme le jeune adjoint. Il ne s'embarrassa pas de politesses :
— Où en êtes-vous ? Je suppose que votre visite dans mon bureau signifie que vous avez avancé. Est-ce que je me trompe ?
— Vous voyez juste. Nous avons identifié le criminel.
— L'avez-vous appréhendé ?
— Pour cela, j'ai besoin de votre concours. L'individu en question est militaire, un officier supérieur.
— Français ?
— Oui. Le capitaine d'Aunaie Alban.
— En effet, c'est quelqu'un de chez moi. Mais vous devez faire erreur, c'est un homme au-dessus de tout soupçon.

Théodore ne se démonta pas, il raconta leur visite au dépôt. L'automobile réapparue, l'analyse des écritures, la correspondance des lettres. Aucune réaction discernable de son interlocuteur. Il attendit une ou deux minutes avant de poursuivre :
— Les éléments du dossier sont suffisants pour l'interroger. Ne sachant où le trouver, je vous apporte la convocation en bonne et due forme.
— Vous n'ignorez pas qu'il est sous juridiction militaire. C'est donc la gendarmerie et non la préfecture de police qui doit prendre le relais sur cette enquête, si vos accusations sont fondées évidemment.

Le commandant avait mis toute son autorité dans le ton qu'il venait d'employer. Cela ne découragea pas Théodore, qui utilisa la même intonation.
— Je l'admets tout à fait, s'il s'agit d'affaires internes à l'armée. En ce cas d'espèce, je maintiens la thèse du crime de droit commun. Il suffit pour l'accréditer de se souvenir que

l'automobile retrouvée a tenté de me renverser et qu'elle était, selon toute vraisemblance, pilotée par votre capitaine ?
L'officier se leva, encore plus virulent.
— Le capitaine d'Aunaie ne peut être mis en cause ! Faut-il vous rappeler les attributions de nos services ?
Un long monologue suivit. Les agents du deuxième bureau n'étaient pas des militaires comme les autres. Chargés du renseignement ou du contre-espionnage, ils avaient des missions qui sortaient du champ de la police ordinaire, leur mandat les poussant parfois à franchir le seuil de la légalité. La sécurité du pays était à ce prix.
— Ont-ils la permission de tuer qui bon leur semble ? demanda Théodore au commandant qui venait de se rasseoir.
Celui-ci ne répondit pas immédiatement. Il était certes tenté de chasser cet importun sans lui donner satisfaction, mais un doute s'était immiscé dans son esprit. Théodore s'en aperçut et décida d'enfoncer le coin un peu plus :
— Écoutez, commandant, j'ai suffisamment d'éléments à charge pour m'être forgé une conviction. Je ne me retirerai que si le président du Conseil me l'ordonne. Téléphonez-lui.
— Vous n'y pensez pas !
— Bien au contraire. Y aurait-il des secrets qu'il ignore ? Je ne puis croire qu'un de vos agents puisse estourbir, même un ennemi, sans qu'une autorisation spéciale lui soit donnée, sans doute du plus haut degré de l'état.
L'intransigeance de l'officier venait d'être fendue.
— Bon, céda-t-il, si convocation il y a, elle ne se déroulera pas à la préfecture, mais ici, dans ce bureau.
— La voici. Demain, dix heures. Je vous laisse le soin de spécifier le changement d'adresse.

**

Théodore en avait assez, assez de ces combinaisons, fatigué par ces combats intestins. La justice ne devait-elle pas être un bien commun ? La journée était loin d'être terminée ; il décida pourtant de remettre au lendemain son travail

policier, après une nuit qu'il espérait, sans y croire vraiment, sereine.
— Pierre, dit-il à son collègue, je rentre. Rendez-vous demain neuf heures, devant le Palais Bourbon. Apporte le dossier complet. Trouve-moi également la sentinelle du dépôt, le soldat Saratxaga. Débrouille-toi pour qu'il t'accompagne. Un témoin visuel vaut mieux que toutes les conjectures. Quant à moi, j'envoie un télégramme à l'apache. Si notre conférence finit en queue de poisson, j'aurai besoin de lui pour filocher notre homme.
Ils se saluèrent. Alors que le jeune collègue enfourchait sa bicyclette, il le mit en garde :
— Sois vigilant. Il ne manquerait plus qu'il parvienne à dérober les pièces à conviction. Ce serait le pompon !
— Ne t'inquiète pas, je passerai discrètement tôt demain matin, par une des portes de service.

L'inspecteur saisit lui aussi le guidon de son vélo et se lança sur le quai d'Orsay. Il venait de décider une visite à l'hôpital de la Charité. Le policier longea la Seine, poursuivant par le quai Voltaire puis à gauche pour s'arrêter devant le 45, rue des Saints-Pères.
Kléber dormait ; Théodore s'assit près de lui et prit garde de ne pas le réveiller. Nul besoin de parler. À quoi bon ? Le temps perdu ne se rattraperait jamais. Être là, silencieux à ses côtés, lui suffisait. Les gémissements, les plaintes et parfois les cris des pensionnaires du pavillon ne le perturbaient pas. Il en avait connu bien d'autres, et dans des conditions bien plus terribles !

Alors qu'il regagnait son immeuble par la rue de Rennes, plus léger, la silhouette d'une femme sortant de la bouche du métropolitain, station Saint-Placide, attira son retard. Impossible ! Non, ce ne pouvait être elle. Et pourtant...
Théodore faillit tomber en se retournant une fois encore, il s'arrêta brusquement et la suivit du regard. Domitilde ! Enfonçant sa casquette sur ses yeux, le policier fit demi-tour et

la fila à pied, tenant sa bicyclette par le guidon. Plus de doute, Domitilde ! Elle continua sans se détourner, sans remarquer qu'un cœur chamboulé se traînait derrière elle. La femme entra chez Félix Potin, il décida de l'attendre. Pourquoi ? Sa dernière lettre, qui datait de février 1915, ne laissait que peu d'ambiguïté sur l'avenir de leur liaison.

Ils n'étaient certes pas officiellement unis à cette époque et Domitilde n'avait aucune obligation envers lui. Cette maudite guerre les avait séparés et l'amour n'avait pas survécu à l'absence. Pourquoi ?

Théodore n'avait pourtant pas l'intention de l'aborder. Une curiosité presque malsaine le poussait à en savoir plus. Où habitait-elle ? S'était-elle remise en couple depuis ? Mariée peut-être ? Des enfants ? Il aurait mieux fait de passer son chemin.

Trop tard pour tergiverser, Domitilde sortit du magasin et se dirigea droit sur lui avant qu'il ne pût se cacher ou s'échapper.

— Bonjour Théodore, dit-elle d'une voix douce.

Il ne sut que répondre, fixant le lacet de sa chaussure qui menaçait à se dénouer.

— Théodore ? s'inquiéta-t-elle.

Il leva enfin les yeux et retrouva le regard clair qu'il n'avait jamais pu oublier.

— Domitilde, soupira-t-il.

Elle considéra rapidement le bras appareillé avant de continuer :

— Tu en es revenu. C'est bien.

— Comme tu le vois, pas tout à fait entier, mais j'ai quand même eu plus de chance que beaucoup de mes camarades de combat.

L'un comme l'autre n'osait aborder le sujet qui importait, de peur d'indisposer ou de fâcher l'ancien conjoint. Quelques considérations sur le conflit, la conjoncture du moment, mais rien à propos de la rupture. Il fallait bien que cela sorte ! Sinon pourquoi ? Pourquoi cette rencontre ?

— Écoute, Théodore, je ne pouvais plus attendre...
— Ne t'inquiète pas, je comprends, l'interrompit l'inspecteur. Le temps des justifications est passé, il y a prescription. Tant d'eau a coulé sous les ponts depuis. Et puis nous n'étions pas mariés. Au moins n'avons-nous pas eu le loisir de nous quereller, ou pire encore.
— Tu as sans doute raison. Il faudrait que je parte maintenant, je suis un peu pressée.
— Bien sûr. Souhaites-tu que nous nous revoyions ?
— Pourquoi pas, à l'occasion ? Mais si nous attendons le hasard d'une rencontre comme celle d'aujourd'hui, j'ai bien peur que plusieurs années passent avant que nous en ayons l'opportunité, plaisanta-t-elle.
Ah ! Ce sourire. Peut-être est-elle heureuse de cette coïncidence. En tout cas, elle n'a pas refusé.
— 15, rue du Moulin de la Vierge. Troisième étage, gauche. Je préviendrai le concierge. Tu peux m'y retrouver, ou m'envoyer un petit bleu, si le cœur t'en dit.
Quelle drôle d'expression ! Que lui disait son cœur, justement ? Le destin, encore lui, venait de tirer un premier fil. Continuerait-il jusqu'à ce qu'une toile soit tissée ? Ou se briserait-il au premier coup de vent ?
Il la regarda s'éloigner, bizarrement heureux et confiant. Satané destin. Quels étranges phénomènes que ces réminiscences du passé ! D'abord Kléber, puis Hans, et aujourd'hui, Domitilde.

Théodore rentra à la nuit tombée après avoir erré dans les rues de la capitale, tenant toujours sa bicyclette par le guidon. Il lui avait fallu se raisonner pour ne pas traînasser toute la nuit, sans but. Domitilde ! Se pouvait-il que...

C'est quand il se défit de son appareillage qu'il fut saisi d'effroi. Une petite flèche était fichée dans le cuir épais qui maintenait la prothèse. Quelques centimètres plus haut ou plus bas, et c'en était fini de lui. Quand ? Où ? Assassiner un policier ! Peut-être était-ce lors de la rencontre avec son ancienne fiancée ? Dans ce cas, elle aurait pu être atteinte par cette pique venimeuse et mortelle.

Il ne put dormir de la nuit, hanté par la vision du corps froid de Domitilde à la morgue et du légiste commençant à la dépecer. Cauchemar, hallucination d'épouvante.

* * *

Dix heures sonnaient à la Basilique Sainte-Clotilde lorsque Pierre et Théodore se présentèrent devant le bâtiment qui hébergeait le deuxième bureau. Le commandant de Cointet les attendait. Il n'était pas seul. Un officier était assis à ses côtés ; celui-ci ne se leva pas, se contentant d'un bref signe de tête en guise de salutations. Le policier ne s'en formalisa pas, concentré sur l'interrogatoire qui allait suivre. Le commandant fit les présentations.

— Capitaine d'Aunaie, voici l'inspecteur Méry et son adjoint qui souhaitent vous entretenir à propos d'une affaire d'automobile.

Là encore, Théodore ne réagit pas. Pourquoi de Cointet minimisait-il les accusations ? Il décida d'aller dans ce sens, pour commencer. On verrait après, selon la tournure que prendraient les échanges. Pierre avait pour consigne de ne pas intervenir.

— Bonjour capitaine. Nous nous sommes déjà rencontrés, n'est-ce pas ?

— Je ne crois pas, répondit l'interpellé, une moue ironique sur la bouche.

Il n'y aurait donc pas de round d'observation. L'inspecteur ne se laissa pas mettre dans les cordes.

— Rappelez-vous, il y a deux ou trois semaines, rue Chanoinesse, près de l'institut médico-légal. Il est vrai que nous n'avons pas eu ni l'occasion ni le temps de nous présenter.

D'Aunaie ne broncha pas :

— C'était vous ? Je me remémore cette rue étroite dans laquelle je marchais paisiblement. Quand j'ai vu un homme

qui me faisait face alors qu'un complice me fermait toute possibilité de retraite, j'ai bien cru à un guet-apens. J'ai foncé droit devant pour m'en dégager.
— Et vous m'avez laissé sur le carreau ! Ai-je tant l'allure d'un malfaiteur pour que vous vous sentiez ainsi en danger ?
— C'est que les rues de notre capitale ne sont pas toujours sûres, même en plein jour. Entre les apaches, les anarchistes et autres scélérats, croyez-moi, il vaut mieux être sur ses gardes.
Bel uppercut !

Théodore décida de sonner le gong :
— Cigarette ?
Il venait d'ouvrir l'étui perdu par l'homme et de le tendre à celui qu'il ne pouvait considérer que comme un adversaire. Le capitaine pâlit.
— Non merci, je ne fume pas.
Que faisait donc alors cette boîte dans ta poche, bougre d'assassin ? L'inspecteur sourit.
— Arrivons-en à cette fameuse automobile, voulez-vous ?
— Cette Renault dont le commandant m'a parlé, j'imagine. Je ne comprends pas en quoi je suis concerné.
Décidément, en matière de récalcitrance et de déni, ce d'Aunaie était un champion. Théodore ne dévia pas, s'efforçant à la politesse malgré son désir de l'assommer :
— Voyons, capitaine, j'aimerais que vous y mettiez un peu de bonne volonté. On ne va quand même pas y passer la matinée, que diable ! Je sais que vous l'avez empruntée à son lieu habituel de stationnement.
— Quelle preuve avez-vous donc ? La conviction ne fait pas tout.

Méry se tourna vers Pierre et lui fit un signe que son jeune collègue comprit immédiatement. Celui-ci sortit aussitôt pour revenir quelques minutes plus tard avec un homme en uniforme.

— Un témoin vous suffirait-il ? enchaîna Théodore. Le soldat Alphonse Saratxaga a ouvert le portail du dépôt sur votre ordre, dimanche dernier. À cette occasion, vous vous êtes présenté comme le capitaine Lépineux, ou quelque chose d'approchant. Vous pensez bien que j'ai vérifié l'existence de cet officier et je ne vous apprendrai rien en vous disant qu'il n'apparaît nulle part dans les registres de l'armée française.

Se tournant vers le témoin, il demanda :
— Soldat Saratxaga, confirmez-vous que c'est ce capitaine qui a rentré l'automobile au garage dimanche dernier ?
— Oui, monsieur.
— En êtes-vous certain ?
— Aussi sûr que deux et deux font quatre.
— Merci, soldat. Vous pouvez reprendre vos occupations.

Si le commandant de Cointet paraissait soucieux, le capitaine, lui, avait blêmi et on pouvait voir quelques perles de sueur couler sur ses tempes. Théodore ne le laissa pas retrouver ses esprits :
— J'attends vos explications.
Celles-ci mirent plusieurs minutes avant de sortir de la bouche du menteur :
— J'avoue. C'est bien moi qui l'ai utilisée.
— Et ?
— Et quoi ?
Pas possible ! Il persistait. L'inspecteur avait compris depuis un moment qu'il faudrait un forceps pour le faire accoucher de la vérité, s'il y parvenait. Il s'adressa au commandant de Cointet :
— Commandant, je vous suggère de conseiller à votre subordonné un changement de stratégie. Celle qu'il mène ne peut aboutir qu'au désastre. Dites-lui que j'ai toutes les cartes en main et que l'issue de cette bataille ne fait aucun doute. Je vous donne quelques minutes, le temps de prendre l'air et de fumer une cigarette. Quand je reviendrai, s'il

persiste, je serai contraint de le convoquer à la préfecture de police et, croyez-moi, j'ai des collègues moins patients et sans doute plus impétueux que moi.

Théodore était fatigué. La nuit blanche qu'il venait d'endurer commençait à produire ses effets. Il en avait pourtant passé bien d'autres, et des plus éprouvantes, dans les tranchées. Il alluma une deuxième cigarette, espérant peut-être que la nicotine agirait comme un excitant.

— Pas sûr d'y arriver, dit-il à Pierre. Celui-là, c'est un coriace. Le chemin est encore long jusqu'aux Allemands assassinés. Mais j'ai le temps. Une semaine, deux, un mois. Après tout, quelle importance ? Nous avons presque ferré le poisson. Quand nous nous serons assurés que l'hameçon est bien accroché, il nous suffira de le fatiguer. Pour aujourd'hui, contentons-nous de lui faire avouer l'accident, sans vouloir parler d'attentat.

Le répertoire du capitaine d'Aunaie changea à leur retour dans le bureau :

— Vous avez gagné ! Oui, c'est bien moi qui ai emprunté cette Renault. Je confesse également avoir renversé un piéton, aux alentours de la gare du Nord, et m'être enfui. J'avais peur des conséquences, comprenez-vous ?

Gagné ? On en était encore bien loin. Il se foutait toujours du monde.

— Ce piéton, vous l'avez devant vous ! J'en ai réchappé par miracle.

— Vous ?

Quel acteur !

— Et les feuilles du registre ?

— C'est la première chose à laquelle j'ai pensé après l'accident. Ces documents pouvaient permettre de m'identifier. Après ma fuite, il m'était impossible de revenir en arrière. C'est également la raison pour laquelle j'ai rapporté cette automobile avec un peu de retard, le dimanche. Il fallait que je fasse disparaître les traces de l'accrochage. Voilà.

Menteur ! Les pages avaient disparu bien avant.

Théodore décida d'en rester là pour le moment :
— Capitaine d'Aunaie, vous pouvez vous retirer. Je laisse votre supérieur statuer sur les sanctions qu'il aura à prendre à votre encontre.

Pierre suivit discrètement l'homme jusqu'au portail. Il fit signe à Maurice de Belleville.

Alors que l'apache démarrait sa filature, l'inspecteur avertit le commandant de Cointet :
— Vous vous doutez bien que ce n'est qu'une trêve. Les accusations que je porte à l'encontre de votre officier vont au-delà, bien au-delà : double assassinat, double tentative d'homicide sur ma personne.
— J'en ai bien peur, effectivement. Pourquoi n'avoir pas poursuivi, puisque vous en aviez l'occasion ?
— Ce capitaine est de la race des rétifs. Il ne s'avouera vaincu que devant des preuves irréfutables. Un faisceau de présomptions ne sera pas suffisant pour l'accabler.

Nul besoin de lui demander entière coopération. Le commandant avait vu de quoi était capable son homme.
— Il se tiendra sur ses gardes, désormais. Que dois-je faire, selon vous ?
— Sanctionnez-le, mais avec indulgence. Faites-lui comprendre que vous êtes de son camp. Ne vous en faites pas un ennemi.
— Soit !
— J'ai besoin de tout ce que vous avez sur lui. États de services évidemment, mais aussi la vie privée que vous lui connaissez.
— Vous l'aurez.

Une confiance mutuelle venait de naître entre les deux hommes, remplaçant la défiance des débuts. Théodore avait-il gagné un soutien fiable ?
— Dans le cas où le président du Conseil me demanderait des comptes, que dois-je lui dire ?

— Je laisse votre intelligence et votre obligeance seules juges.

Au moment de se séparer, le commandant de Cointet, montrant la pince trois doigts en métal, osa :
— Sans vouloir afficher une curiosité déplacée, puis-je savoir comment vous supportez ce truc ? C'est tellement...
— Je suis chaque jour émerveillé par la capacité d'adaptation du corps humain. Et puis ce truc, comme vous dites, vient de me sauver la vie...
Théodore ne s'attarda pas devant l'air interrogateur de son interlocuteur.

* * *

— Voici le dossier. Tu y trouveras les états de services des deux officiers assassinés, leurs notes et messages. Évidemment, tout a été expurgé des renseignements confidentiels. J'espère que cela te suffira pour avancer dans ton enquête. De toute façon, il te faudra t'en contenter, personne ici ne souhaitant être interrogé par un policier français.
L'*unteroffizier* Hans Villemin avait bien joué le jeu. Pourtant, à l'inverse des autres membres de la délégation allemande, il n'avait apparemment aucun intérêt à ce que le meurtrier de deux boches soit démasqué. Apparemment...
— Merci, l'ami, dit Théodore en prenant le carton.
Il s'adressa ensuite à Émile qui l'avait accompagné :
— Un peu de travail de traduction pour toi !
— Un peu ? réagit l'interprète improvisé. Tu te moques de moi, j'espère. J'en ai pour deux jours pleins, au bas mot.
Hans proposa à ses deux visiteurs de sortir du bâtiment, pour plus de discrétion.
— As-tu une piste ?
Pour une raison qui lui échappa, Théodore mentit :
— Non, ces papiers sont sans doute ma dernière cartouche pour parvenir à confondre le criminel. Au moins ai-

je la consolation d'avoir participé à la restitution du corps de Klaus Meine à sa famille.
— D'après ce que j'entends, le traité sera signé d'ici deux à trois semaines, ça te laisse peu de temps.
— En espérant que d'autres assassinats ne soient pas perpétrés d'ici là.
— Deux nouveaux officiers arrivent cet après-midi. Ils savent le sort subi par ceux qu'ils remplacent. Nul doute qu'ils seront vigilants.

* * *

Émile avait refusé de faire la paperasse, comme il le disait, dans les locaux de la préfecture. C'est donc dans la bicoque qu'il partageait désormais avec l'apache, qu'il se mit au travail. Une tâche fastidieuse et ennuyeuse.

Théodore lui avait recommandé de traiter tous les documents avec la même rigueur, sans préjuger de l'importance de ce qu'il aurait sous les yeux. Pourtant, à la lecture de la lettre que le dénommé Klaus Meine avait préparée à l'intention de sa mère, le traducteur ne put s'empêcher d'ironiser entre ses dents :

— Que peut-il y avoir là-dedans qui intéresse la police ? Un fils qui écrit à sa maman ! Pauvre femme. Elle a sans doute cru son enfant sauvé à la proclamation de l'armistice. Et voilà qu'on l'assassine alors que la paix va être signée. Quelle injustice !

Pourtant, quand il eut terminé la transcription, une phrase dénotait, au milieu des habituelles considérations familiales.

Hier, dans le magnifique parc du château de Versailles, j'ai aperçu au loin la silhouette d'un fantôme. Le temps que je me rapproche, elle avait disparu. Or, cet homme que j'ai cru voir est décédé tragiquement il y a neuf mois en Espagne. Y aurait-il une vie après la mort ?

Ulrich, mon collègue, à qui je m'en ouvris, s'est bien moqué de moi, me proposant même de faire tourner une table. Lycos...

* * *

Trois jours plus tard, le corps sans vie d'un des nouveaux officiers traitants allemands qu'avait évoqué Hans était découvert dans le bosquet de l'Arc-de-Triomphe, pratiquement au même endroit que le second assassiné.

14

— Cette fois-ci, l'orifice d'entrée du projectile est bien plus grand que celui qu'une petite fléchette aurait provoqué.

Le légiste avait prononcé cette phrase avec le même ton que celui qu'aurait employé un comptable pour présenter le bilan des comptes de l'exercice. Théodore avait demandé une autopsie en urgence, alors que les premières constatations *in situ* venaient d'être terminées. Un troisième ! Ça n'en finirait donc jamais ! C'était à désespérer. Par une brève auscultation, il avait deviné sans peine la cause du décès. Une arme à feu. Près du corps, un mot, comme pour les deux autres.

Rendez-vous derrière la fontaine du bosquet de l'Arc-de-Triomphe pour des informations importantes et confidentielles. Ce soir, 22 heures.

Le praticien poursuivit en déposant la balle dans une coupelle de porcelaine :
— Et voici la responsable ! En plein cœur, et pratiquement à bout portant. Regardez ces traces de poudre sur la poche de poitrine du veston. Il est mort sur le coup, sans doute entre dix heures et minuit. Vous aurez tous les détails dans mon rapport.
— Le calibre ?
— Pour ça, il faudra vous adresser à la balistique, à l'étage au-dessus. Mais ne vous faites pas trop d'illusions, là-haut, ils fonctionnent tels des fonctionnaires. Vous n'aurez

pas de résultat avant demain. Ce n'est pas comme moi qui vous ai à la bonne.

* * *

Théodore fonça à Belleville, en colère. L'apache n'avait sans doute pas respecté la consigne : filature jour et nuit. Il était décidé à l'attendre. Ce fut Émile qui l'accueillit avec le sourire :
— Toutes mes civilités, mon inspecteur ! On vient s'enquérir du travail de son subordonné ?
— Où est Maurice ? rétorqua le policier d'un ton vif.
— Au boulot, c'te bonne blague. Dois-je te rappeler que nous avons le même patron.
— Et hier soir ?
— Ben, comme si tu n'le savais pas, aux guêtres de ton foutu capitaine. Qu'est-ce qui s'passe ?
Théodore ne répondit pas à sa question.
— Ça m'apprendra à embaucher des amateurs !
Émile se leva et le poussa dehors.
— Si c'est pour s'faire engueuler, j'donne ma démission, sans préavis. J'serai aussi bien dans mon parc. T'as qu'à chercher des professionnels. Salut.

Théodore resta planté, interloqué. Quand il émergea, le vieil homme avait déjà rassemblé ses affaires dans sa charrette et s'apprêtait à partir.
— Attends ! cria-t-il. Ne le prends pas comme ça. Reviens.
— Et la politesse, ça t'écorcherait la gueule ?
— Reviens, s'il te plaît.
Émile fit mine d'hésiter avant de faire demi-tour.
— Alors, dis-moi c'qui t'contrarie au point de déparler.
— Hier soir, un troisième Allemand a été assassiné ! Et ce qui me met en colère, c'est que l'apache aurait dû être aux premières loges pour empêcher le crime, s'il avait fait son travail.

— Là, tu exagères ! Son travail était de suivre l'individu, non de risquer sa peau à tenter d'intervenir.
Cette réflexion frappée au coin du bon sens amena le policier à calmer son humeur.
— Il aurait au moins pu avoir le réflexe de me prévenir.
— Y a qu'à l'attendre ici, il passe chaque soir. Donne-moi trois francs.
— Pour quoi faire ?
— Eh ben, on va pas rester la bouche sèche et le ventre vide, pardi ! Faut bien s'refaire une santé.

Émile héla un des enfants qui traînaient dans la rue et lui tendit les pièces :
— Tiens, va chez la mère Yvonne nous trouver d'la boustifaille et d'la bibine. Y'a d'quoi pour vous aussi. Profitez les mômes, c'est Monsieur qui régale.

Le petit commissionnaire ne se fit pas prier. Le chiffonnier n'avait pas tort : un estomac vide ne peut réfléchir convenablement. Théodore évoqua longuement ses visites à l'hôpital de la Charité. Ce père qu'il retrouvait, ce père qu'il savait près de partir, encore, et définitivement cette fois. Et puis Domitilde. Pourquoi s'en ouvrit-il à ce soi-disant oncle ? Sans doute parce qu'il ne pouvait tout garder enfoui, tout bonnement parce ça devait sortir ! Émile l'écouta sans l'interrompre. Un bienveillant, l'Émile. C'est d'ailleurs ce trait de caractère qui l'avait poussé à consacrer son existence à se placer du côté des sans grade et des opprimés. À la fin, il tendit la dernière bouteille à Théodore.
— Bon sang, mon gars, t'laisse pas aller à ne regarder que l'passé. T'es jeune encore, la vraie vie est devant toi. Des Domitilde, y'en plein ! Si c'est pas celle-là, ça s'ra une autre. Faut juste que t'aies l'cœur ouvert et curieux. Bois un canon, c'est l'meilleur remède que j'connaisse.

Quand l'apache fit son apparition, il était plus de onze heures du soir. Les deux hommes dormaient sur la même paillasse, les débris du festin encore sur la table bancale. Il les secoua.

— Eh bien, je constate que, pendant que certains triment, d'autres se donnent du bon temps !

Théodore tarda à émerger. Maurice insista.

— Alors, inspecteur, on s'la coule douce ?

— Ah, l'apache ! Bien content de te voir. Et ta surveillance ?

— Rassure-toi, on ne l'a pas lâché de l'œil un instant depuis hier, ton capitaine.

— On ?

— Ben oui, nous sommes quatre à nous relayer deux par deux. Croyais-tu que je pourrais mener une telle mission seul ? Je te préviens que ça va te coûter bonbon !

— Alors, hier soir ?

— Hier, il a passé la soirée et une partie de la nuit à son cercle de jeux, à dépenser des sommes que nous ne gagnerons pas dans toute notre foutue vie.

— Tu es sûr ?

— Eh ! Pour qui me prends-tu ? Un devant l'entrée principale et l'autre à la porte de service. Il en est ressorti vers trois ou quatre heures du matin pour rentrer directement à son immeuble.

Théodore bondit.

— Mais alors, dit-il, ce n'est pas lui ?

— Pas lui qui ?

Émile intervint pendant que le policier se prenait la tête dans les mains, démoralisé.

— Un troisième boche a été dézingué.

— Merde alors. Ce qui est certain, c'est que c'est pas ton officier qui a pu faire le coup.

— Mais qui, dans ce cas ? hurla Théodore.

Émile crut bon de détendre l'atmosphère en plaisantant :

— Si ce n'est lui, c'est donc son frère[1] !

---

[1] Allusion à la célèbre fable de Jean de La Fontaine : *Le Loup et L'Agneau*.

— Laisse La Fontaine en dehors de ça, le morigéna l'inspecteur. Tout est à refaire. Je n'ai rien. Nada.
L'apache souleva une trappe du plancher et sortit une bouteille sans étiquette de la cache.
— Bon ! Attention, c'est du sévère. Faut bien ça pour te remettre. Une eau-de-vie d'homme !
Émile et Maurice émirent simultanément un clac de la langue après avoir bu leur verre cul sec. Le policier, lui, toussa à cracher ses poumons après la première gorgée. Comment peut-on ingurgiter pareille saloperie ! Ça brûle. Ça déchausserait les dents. Sa quinte fit rire ses amis.
— Tu veux m'empoisonner, l'apache ? J'en ai pourtant déjà éclusé, des tord-boyaux, mais des comme celui-là, jamais ! Avec ce truc au front, pas besoin de lance-flamme ! T'allumes une clope à côté et tu craches sur la tranchée d'en face.
Émile demanda :
— Y'a d'la pomme[1] ?
— Y en a, répondit Maurice en remplissant les trois verres, mais pas seulement…
À la deuxième rasade, la gnôle parut déjà plus douce à Théodore. Il en réclama une troisième, puis une quatrième.
— Eh ben, dit l'apache, elle aura pas fait long feu, celle-là !
Le policier s'effondra.
— J'te l'avais bien dit, Émile, rien de tel comme somnifère. Ça lui fera du bien, à notre inspecteur, de pouvoir passer une nuit à peu près normale. Je le trouve fatigué, ces temps-ci.

* * *

L'intensité de la lumière le surprit quand il s'éveilla. Regardant sa montre, Théodore se redressa vivement :

---

[1] Merci, monsieur Audiard.

— Dix heures ! Bon Dieu, Émile, tu ne pouvais pas me sortir du lit avant ?

Le traducteur avait déjà repris le travail. Installé sur un tréteau qui faisait office de bureau, il besognait pour passer de Goethe à Molière.

— J'ai pas osé. Tu semblais si serein, même pas un ronflement, à peine un ronronnement.

— C'est que j'ai à faire, moi.

— Et moi donc ! Crois-tu que j'me tourne les pouces en ce moment ?

— Pardonne-moi, mon bon, je suis injuste. Avances-tu comme tu le souhaites ?

— Ça va, le vocabulaire de tous ces rapports est toujours à peu près le même et assez basique. Il y a cependant un nom que je n'ai pas réussi à décoder : lycos. Cela te dit-il quelque chose ?

— C'est toi, le spécialiste ! Comment veux-tu que je sache ? Par contre, je n'y reconnais pas le style de la langue à rallonge des Allemands. Bizarre... J'en toucherai deux mots à Hans cet après-midi.

Pendant que son ami se replongeait dans l'épais dossier, Théodore s'habilla rapidement. Il enchaîna :

— Au fait, où est l'apache ?

— Quelle question ! Il bosse pour toi, bien sûr. Pendant qu'tu fais la grasse mat, tes serviteurs te servent.

— Là, c'est toi qui abuses. Bon, je dois arriver à la balistique avant qu'ils ne prennent leur pause du midi. Je repasserai certainement demain avec un peu de travail en plus. Hans doit me remettre le dossier du troisième assassiné.

— C'est ça ! Je suppose qu'il n'est pas utile que je me plaigne. À plus. Et fais gaffe !

* * *

La balle extraite par le légiste est de calibre 7,62 par 38.

La conclusion du rapport balistique, que Théodore venait de lire, était concise, pour ne pas dire succincte. Le policier ne s'en satisfit pas :
— Un 7,62, avez-vous écrit. Une idée du modèle ? Un tel calibre ne doit pas courir les rues !
— Nous pensons qu'il s'agit d'un revolver Nagant 1895 fabriqué d'abord par les Belges, mais largement développé par les Russes depuis le début du siècle. Le calibre, lui, est spécifiquement utilisé par ces derniers.
— Diantre ! Russe ? Je suis sûr que même les malfrats les mieux équipés ne disposent pas de ce type d'outillage.
— Vous seriez surpris. Beaucoup d'armes ont changé de camp durant cette guerre. Soit prises à l'ennemi, soit échangées entre combattants alliés.
— Je vous l'accorde. Une arme en souvenir, c'est une chose, mais les munitions !
— Avez-vous dans vos armoires une description ? Comment puis-je la reconnaître ?
— Je me doutais que vous auriez besoin de ces renseignements. Voici.

Revolver à barillet, Masse à vide : 780 g, Longueur à vide : 230 mm, Canon : 114 mm, Capacité : 7 cartouches.

— 7 coups ! Assez facilement identifiable, donc.
— Une précision : cette arme peut être équipée de série d'un modérateur de son.
— Un silencieux. De mieux en mieux.

* * *

Théodore n'arriva à l'hôtel des Réservoirs qu'en fin d'après-midi, n'étant pas parvenu à récupérer le retard dû à son réveil tardif. Pierre, rappelé par le commissaire, lui avait fait faux bond au dernier moment. Deux inspecteurs venaient tour à tour de se faire porter pâles et le patron avait

besoin de lui. L'*unteroffizier* Villemin l'accueillit fraîchement sans masquer son trouble :
— Théodore ? C'est que je n'ai pas trop de temps à te consacrer. J'imagine que tu es là pour le troisième !
— C'est ça. Jürgen Rosenthal. Il était nouveau dans votre représentation ?
— Il est arrivé deux jours avant d'être assassiné. Le *hauptmann* Rosenthal remplaçait Klaus Meine. Inutile de te dire qu'ici, l'ambiance n'est pas très sereine. La peur commence à s'immiscer dans la délégation.

Le chef de la sécurité, l'*oberst* Schenker, apercevant Théodore, s'approcha, adressa quelques mots vifs à l'interprète et repartit aussitôt, sans un bonjour, ni même un regard pour l'inspecteur.
— Que disait-il ?
— Rien qui te concerne, répondit Hans, manifestement gêné.
— Pourquoi ai-je toujours l'impression que tu me caches des choses ? Dois-je revenir demain avec Émile ? Que disait-il vraiment ?
— La police française est nulle, mets-le dehors !
— Voilà qui est clair. Nulle, dis-tu ! Alors, je vais lui montrer qu'elle n'en est pas moins susceptible. Je VEUX le dossier personnel de chacun des membres de cette représentation, toi compris.
— Tous ? Ce n'est pas vraiment le moment, tu sais bien. Les discussions du traité...
— Tu as bien entendu. Je repasserai donc demain à quatorze heures pour ramasser les copies. Nulle... Quel toupet ! Pour qui se prend-il ?

Théodore sortit furieux. Avant de claquer la porte, il avertit :
— Et qu'il ne manque rien, sans quoi je ferai procéder à une perquisition en bonne et due forme. Et Dieu sait ce qu'on trouvera... Ah, une dernière chose, comment peut-on traduire Lycos ?

— Je l'ignore, ce n'est pas un mot allemand.

* * *

Une enveloppe l'attendait, glissée sous la porte de son appartement. Il la décacheta :

Théodore,
j'ai été très troublée par notre rencontre, l'autre jour. Chère Providence ! C'est le moment pour moi de te donner une brève explication. Permets-moi de le faire par lettre interposée, c'est plus facile.

Voilà, si tu te rappelles bien, quelque temps avant que tu ne partes au front, mon frère, Adrien, est monté lui aussi dans un de ces wagons à bestiaux qui emmenaient les fleurs-au-fusil vers les champs de bataille. On l'affecta dans le Pas-de-Calais.

C'est là qu'il fut tué en octobre 1914, près d'une commune du nom de Carency. Je fus dévastée par cette disparition, au point de tomber en dépression. Tu le sais, nous étions sans famille. Personne pour me consoler.

Heureusement, une voisine s'occupa de moi et réussit à me requinquer. Mais j'étais à peine remise qu'elle perdit son mari à la bataille de Crouy, dans l'Aisne, en janvier 1915. Tout s'écroula à nouveau.

Après être remontée une fois encore, je décidai de ne plus souffrir. Mieux valait que j'ignorasse tout. C'est ainsi que je coupai les ponts avec celui que j'aimais par-dessus tout. S'il disparaissait à la guerre, je ne l'apprendrais pas. Mais cela ne signifia pas la fin de ma passion.

Dois-je en avoir honte ? Je ne le crois pas. Je devais me protéger pour ne pas risquer de perdre la raison, sans doute guidée par l'instinct de survie.

Si, après ce que tu viens de lire, ton désir de me revoir persiste, alors réponds-moi. Dans le cas contraire, je ne t'en voudrai pas.
Domitilde (ta Domitilde ?)

Il la relut plusieurs fois avant d'écrire sa réponse. Il la déchira presque aussitôt. Le souhaitait-il vraiment ? Il en rédigea une seconde, qui rejoignit peu après la première au fond de la corbeille. La Providence qu'évoquait Domitilde était-elle si bienveillante ? À quoi bon ?

Plus de quatre ans qu'il n'avait pas approché une femme ! Pas même une relation tarifée. Théodore pensait avoir fait le deuil d'une liaison amoureuse, et voilà que...

* * *

Il arriva à Belleville le lendemain soir, à six heures, tenant à la main la sacoche renfermant les documents qu'Hans lui avait transmis. Émile l'accueillit tout sourire :

— Tu vas être content, j'en ai terminé avec tes maudites traductions.

Le policier affecta un air faussement contrit :

— Désolé, l'Émile, j'en ai rapporté d'autres.

— T'as vraiment pas de pitié pour un vieillard comme moi !

— Et tu devrais t'y mettre illico, car demain, il va nous falloir éplucher tout cela.

— Qui, nous ?

— L'apache, toi et moi. Car vois-tu, je suis persuadé que le brouillard qui vient de s'épaissir avec ce troisième meurtre ne se dissipera que si nous forçons nos petites cellules à travailler de concert. Il y a forcément quelque chose dans ces documents qui nous amènera sur une piste.

Le chiffonnier saisit les dossiers et les parcourut rapidement. Cela le rassura.

— Bon, rien d'bien méchant. Donne-moi une heure ou deux. Mais j'te préviens ! Après ça, t'iras t'faire cuire un œuf si y en a des nouveaux. J'suis quand même pas un larbin !

— Tu es trop brave.

— Ouais, tu sais c'qu'on dit ! Trop bon, trop con. Faudrait voir à n'pas abuser de ma générosité naturelle !

Théodore sourit et répliqua gentiment :

— Toute peine mérite salaire, mon ami. Tu n'auras pas affaire à un ingrat. Au fait, je dors ici ce soir. Ta compagnie, et peut-être tes conseils, me feront beaucoup de bien.

Émile ne demandait pas mieux, bien qu'il s'en défende :
— Quoi ? Passer la nuit avec un flic ? Plutôt le banc du parc !

Les deux hommes éclatèrent de rire. L'amitié, qui pointait le bout de son nez depuis quelques jours, n'hésitait plus à se montrer au grand jour. Le traducteur amateur poursuivit :

— Mon petit doigt me dit qu'il y a un autre sujet que tu aimerais aborder avec ton vieil oncle. Fait-il erreur ?

— Serait-il doué d'une intelligence propre ? Nous verrons cela plus tard. Attelle-toi à ton ouvrage. Plus vite commencé, plus vite terminé !

* * *

Onze heures, le soleil approchait de son zénith. Et pourtant rien de réellement concluant. Ils épluchaient les rapports, messages et documents traduits de l'allemand par Émile depuis deux heures, à la recherche d'indices, sans résultat probant.

La veille, l'apache était rentré assez tôt et les trois amis avaient passé une très agréable soirée à parler de tout et de rien, en tout cas, pas de l'affaire. L'inspecteur avait retenu la leçon et n'avait pas dépassé la mesure quand l'alcool avait fait son apparition. Il se voulait frais.

Ses acolytes n'avaient pas compris qu'il tarde tant à recontacter Domitilde. Peut-être avaient-ils raison. Il leur avait promis de le faire. Mais quand ?

— Peux-tu me dire ce qu'on cherche, à la fin ? s'énerva l'apache.

— Figure-toi que si je le savais, on l'aurait déjà trouvé, rétorqua le policier. Reprenons tout à zéro. Trois officiers

allemands tués, deux par empoisonnement soufflé d'une sarbacane, le troisième avec un revolver russe. Des armes bien spécifiques. Un capitaine français des services de renseignement que je dois mettre hors de cause du fait de son alibi au moment du dernier crime. Ensuite...
— Pardon, cher inspecteur, l'interrompit l'apache. Tu vas un peu vite en besogne, il me semble. Il est innocent de cet assassinat, certes, mais rien ne dit qu'il le soit des deux premiers. J'ai bien l'impression que deux meurtriers courent les rues. Deux procédés radicalement différents. Quant aux victimes, si les deux premières étaient clairement, d'après leur pedigree, des agents spéciaux de l'armée, la troisième a fait pratiquement toute sa carrière dans les forces combattantes sur le front de l'Est, si l'on exclut sa période avant le conflit dans les troupes d'occupation allemande en Alsace-Lorraine.
— Mais, que je suis bête ! s'exclama Théodore. C'est tellement évident. Juste là, devant mes yeux, et je ne vois rien. C'est bien pour ça qu'on ne trouve pas de point commun entre tous ces profils. Je mériterais d'être flagellé en place publique pour cette faute de débutant. Même Pierre, s'il était parmi nous, l'aurait remarqué. Repassons tout en revue sous ce nouvel angle.

Près d'une heure encore à fouiller, jusqu'à ce que le policier hurle :
— Eurêka !
Les deux assistants intérimaires sursautèrent.
— C'était là, comme le nez au milieu de la figure. À croire que je ne voulais pas l'admettre.
Sans doute était-ce le cas. Comment imaginer que celui avec qui il avait partagé un schnaps et une cigarette au fond d'un trou d'obus puisse être un des criminels qu'il poursuivait ! Et pourquoi pas le seul ? Émile et Maurice connaissant l'anecdote, il lui suffit de donner les deux arguments qui pouvaient porter les soupçons sur l'interprète de la délégation allemande :

— Premièrement, l'Alsace-Lorraine. Jürgen Rosenthal y était, tout comme Hans Villemin. Deuxièmement, le front de l'Est. Là aussi, ces deux hommes y ont combattu. Dans le même régiment, qui plus est. Troisièmement, les Russes. Le revolver utilisé est de fabrication russe, donc en service sur le front de l'Est.

L'apache fit une profonde révérence et Émile applaudit :
— Y a plus qu'à l'cueillir !
— Ce ne sont malheureusement que des présomptions, pas des preuves.
— Quel dommage pour toi que la torture soit démodée ! Avec quelques instruments adaptés, tu obtiendrais ses aveux sans difficulté.
— C'est toi qui profères de telles insanités, Émile ? Jamais, tu m'entends, jamais je n'utiliserai de telles méthodes. Des preuves, j'en trouverai par des procédés honorables.
— Ce n'était qu'une boutade, bien sûr. Faudrait mettre la main sur l'arme.
— Et pour l'autre ? demanda l'apache.
— On poursuit la surveillance du capitaine d'Aunaie. Dès que j'aurai son dossier, nous fouillerons son passé. Peut-être a-t-il été envoyé en mission en Amazonie ou sur le front de l'Est !

15

Une preuve de la culpabilité de Hans Villemin, Théodore en avait une. Il la trouva un peu plus tard, presque par hasard, alors qu'il comparait une fois de plus, par pur acquit de conscience, les billets récupérés sur les cadavres. Le policier avait, par erreur, joint à ceux des Allemands celui que l'Alsacien lui avait donné au cours de leur première entrevue. Estomaqué par ce qu'il venait de découvrir, il s'écria :
— Cette fois-ci, mon gaillard, je te tiens.
L'apache et Émile accoururent ; il leur tendit le feuillet :
— La voici !
— La voici, quoi ? répondit Maurice.
— Eh bien la preuve, pardi ! Ce message par lequel Hans me donnait rendez-vous à l'église Saint-Symphorien l'autre soir. Il est de la même main que celui trouvé sur le troisième assassiné. Direction le deuxième bureau !

* * *

L'inspecteur dut patienter un long moment en attendant que le commandant de Cointet pût le recevoir. La somnolence en profita pour le gagner. Avec les pensées que son inconscient lui imposa. Kléber, Domitilde ! Pourquoi ne lui répondait-il pas ? Peur de la perdre à nouveau ?
Le secrétaire le tira de ses rêveries en l'invitant à entrer dans le bureau.

— Méry, seriez-vous sorcier ? Je viens justement de récupérer le dossier du capitaine d'Aunaie que je m'apprêtais à vous transmettre.
— Nullement, commandant. Le motif qui m'amène ici concerne un autre de vos hommes, Hans Villemin.
— Villemin, dites-vous ? Je ne vois pas...
— Jouons cartes sur table, s'énerva Théodore. Hans Villemin est l'interprète que vos services ont placé à l'hôtel des Réservoirs. Il serait temps que notre collaboration devienne plus sincère.
— Ah oui ! Cela me revient à présent. Comprenez que le nombre de dossiers qui s'accumulent a pu provoquer cette amnésie passagère. Et qu'arrive-t-il à propos de Villemin ?
— J'ai la preuve qu'il a assassiné le troisième Allemand.

De Cointet marqua un silence préoccupé avant de répondre :
— Quand donc aurez-vous fini de vous en prendre à mes hommes ? Hans Villemin à présent. Cela signifie donc que vous innocentez le capitaine d'Aunaie ?
— Qu'y puis-je si deux d'entre eux sont des meurtriers ? D'Aunaie reste le principal suspect pour les deux premiers crimes.
Il fallut que Théodore détaillât les charges pour que le commandant capitule. Enfin, c'est ce que Théodore crut sur le moment. En vérité, il n'en était rien :
— Villemin est intouchable tant que la délégation allemande est sur notre sol.
— Comment ça, intouchable ?
— IN-TOU-CHA-BLE, est-ce si difficile à comprendre ? Grâce à son action, la France est au fait des manœuvres de nos ennemis. Il n'est pas question que la police l'incrimine en ce moment. Vous devrez attendre que le traité de paix soit signé.
— Et s'il disparaît !
— Écoutez, Méry. Vous êtes un flic honnête et consciencieux, je le reconnais. Mais des considérations qui vont bien

au-delà de votre mission sont à prendre en compte. Et puis, de quoi le soupçonnez-vous ? Du meurtre d'un Allemand ? Et après ? S'il l'a fait, c'est qu'il avait une excellente raison.

Théodore, interloqué, ne sut que répondre, laissant le champ libre à son interlocuteur qui enchaîna :

— Hans Villemin a fourni pendant cette guerre une contribution que très peu de personnes peuvent s'enorgueillir d'avoir apportée. Sans vouloir rentrer dans les détails, imaginez ce qu'un Français, espion dans l'armée allemande sur le front de l'Est, a pu glaner comme renseignements.

— Oui, mais…

— J'avais pourtant prévenu le président du Conseil. Un civil n'est pas à sa place dans nos affaires.

— Dans vos sales petites affaires ! Avec toujours ce mépris abject de la vie humaine.

Le policier se leva d'un bond, saisit le dossier du capitaine d'Aunaie et sortit en claquant la porte.

— Quel con ! se dit-il. S'il croit que je vais en rester là, il se met le doigt dans l'œil.

* * *

C'est dans une arrière-salle de la brasserie *Le Zeyer*, devant un bock, qu'il s'efforça de récupérer de l'altercation. Incroyable ! Théodore aurait pourtant juré que ce commandant le soutenait. Quelle désillusion ! À quoi bon s'esquinter ? Il ouvrit malgré tout la fiche du capitaine d'Aunaie. Peu d'information. Né le 14 mars 1889 à Firminy, Loire. Taille, poids, forme du nez, couleur des yeux. Incorporation en 1908. Plus rien à partir de 1912. À croire qu'il avait disparu de la circulation.

— Si c'est ça un dossier militaire ? murmura-t-il, dégoûté.

Une voix qu'il connaissait lui répondit :

— C'est tout ce que j'ai pu vous donner sans dévoiler de secret. Le vôtre, rassurez-vous, est beaucoup plus fourni et fort élogieux.

Il se retourna vivement.
— Commandant ? Mais...
— Nous n'avions pas terminé notre conversation, Méry. Savez-vous que vous n'êtes pas facile à suivre sur votre bicyclette ?

Théodore le pria de s'asseoir et réclama une autre bière pour son invité.
— C'est vous qui avez fermé la porte. Comment vouliez-vous que j'accepte votre conclusion ? J'ai jugé impossible de vous convaincre.
— À tort. Je reconnais avoir été plus rude que je ne l'aurais souhaité. Reprenons. Je ne retire rien à ce que je vous ai déclaré dans mon bureau, mais nous sommes ici en terrain neutre. Je peux me soulager de mes habits de chef du service de renseignement, et vous, de ceux de policier. Causons amicalement, comme deux ouvriers sortant de l'usine et buvant un coup avant de rentrer dans leur foyer. À propos, êtes-vous marié ?
— Je vis en célibataire.

La vie sentimentale du commandant n'intéressait pas Théodore, il ne lui renvoya pas la question. Mais, peu à peu, le policier se laissa apprivoiser. L'officier était finalement un homme comme les autres, lorsqu'il n'était pas en service. Enfin, presque. Après quelques échanges cordiaux, celui-ci en vint au fait :
— À propos de notre affaire, pas si sale que vous le pensez, je vous donne carte blanche. Mais vous devrez exercer seul, en sous-marin, sans mon appui et sans celui de la préfecture. Je ne veux plus vous voir dans mon bureau sans raison valable. Quand vous aurez des preuves irréfutables, contactez-moi. Il vous faudra alors me fournir un rapport circonstancié, incriminant, ou pas, mes subordonnés.

L'inspecteur ne répondit pas immédiatement, tant il était déconcerté. Que signifiait ce revirement ?
— Pourquoi avez-vous changé d'avis ?
— Je vous l'ai dit, officiellement, je n'ai pas changé d'avis. Il se trouve que pendant qu'un de mes hommes

s'escrimait à vous suivre jusqu'ici, j'ai téléphoné à Georges Clemenceau pour prendre conseil à votre sujet. Sa réponse fut sans appel ! Mais attention, au risque de me répéter, je vous avertis que vous êtes seul à présent. Personne ne confirmera le caractère officiel de votre enquête. Votre commissaire lui-même a reçu l'ordre de fermer les yeux. Comprenez bien ce que cela signifie : sauf à vous appuyer sur des faux, vous ne pourrez vous prévaloir de la requête d'un juge pour mener vos interrogatoires, perquisitions ou autres opération policières.

Seul ! Au fond, qu'est-ce que cela changeait ? Des faux ? Il avait déjà été contraint d'en produire. Et aucun juge n'avait été désigné à sa connaissance.

— Me voilà donc astreint à devoir utiliser vos méthodes d'espions. Soit ! Mais pouvez-vous au moins me donner la raison d'un tel secret ? Un meurtre est un meurtre, que la victime soit blanche, noire ou jaune, française ou étrangère. Trois assassinats, quand même !

— C'est ainsi, mon ami. Vous n'en saurez pas plus. Tout homme rationnel dans votre cas abandonnerait la table de jeu, mais vous ne faites pas partie de cette caste, n'est-ce pas ? La seule chose que je peux vous avouer, c'est que le service a horreur de la publicité. Si l'un de mes agents est suspecté, et peut-être coupable, c'est à moi, et exclusivement à moi, de régler ce problème.

— Sans juge ?

— Sans juge en effet. Le prix à payer pour la sécurité de notre pays.

— De notre dictature, voulez-vous dire ?

— Pourquoi dramatiser ? Il est inutile d'aller plus loin sur cette voie. Vous connaissez la réponse.

* * *

— Peut-être avais-tu raison.

Théodore monologuait à voix basse devant le lit de Kléber. Dès sa sortie de l'immeuble du deuxième bureau, il avait ressenti le besoin de rendre visite à son géniteur. Il l'avait trouvé endormi, mais n'attendit pas qu'il se réveillât pour lui parler, ou plutôt pour partager l'amertume qu'il avait accumulée depuis plusieurs jours. Le point d'orgue étant la conversation qu'il venait d'avoir avec le commandant de Cointet.
— Combien d'autres secrets sont-ils ainsi enfouis ? Comme si la population était incapable de comprendre.
— Mais le peuple ne peut pas comprendre, fils.
C'est dans un murmure que le mourant à petit feu l'avait interrompu. Le policier releva la tête, surpris.
— Papa ! Tu ne sommeillais donc pas ?
— Somnoler, tout au plus. J'ai bien cru que je rêvais. Entendre un flic faire en quelque sorte l'apologie de l'anarchie ! Quel doux fantasme !
— Ce n'est pas ce que j'ai dit ! Mais…
— Le peuple n'est pas prêt, vois-tu. Ce qu'aime la populace, c'est une société dans laquelle il n'y a pas à cogiter, un patron qui ordonne sans qu'il soit besoin de réfléchir. Ce que veut le commun, c'est qu'on pense à sa place. Il n'y a qu'à se rappeler comment ils sont tous partis en 14, la fleur au fusil comme ils disaient. Il aurait pourtant peut-être suffi que les hommes et femmes du peuple s'entendent au-delà des frontières. Mais ils ont préféré que les va-t-en-guerre décident pour eux. C'est ainsi, mon fils. Et l'anarchie ne les changera pas.
— Dois-je comprendre que tu retournes ta veste ?
— Jamais de la vie. Je mourrai combattant de la liberté, très bientôt sans nul doute. Non, avec l'âge, l'utopie de ma jeunesse s'est muée en constat désabusé, sans pour autant me faire douter du bien-fondé de mon engagement. Et puis nos luttes n'ont pas été si infructueuses ! La loi autorisant les

syndicats[1] de 1884, il y a un peu de nous là-dedans. Une part de nos idées a été reprise par d'autres obédiences politiques. Preuve qu'elles ne sont pas si chimériques.
— Il va falloir que je parte, papa. S'il te plaît, attends-moi avant de...
— Je ferai ce que je peux, fils. J'ai tant crié « *ni Dieu ni Maître*[2] » que j'ai presque honte d'avouer qu'un des deux est à la manœuvre en ce moment sans que je puisse m'y opposer. Je serai bien forcé d'obéir, pour la première fois depuis fort longtemps. À propos, pour ton affaire, fais selon ta conscience, sans te préoccuper du reste.

* * *

Théodore n'était pas si mal à Belleville. On aurait pu dire qu'il s'y sentait même plutôt bien. Les relations qu'il entretenait avec Émile et Maurice se resserraient au fur et à mesure de leurs discussions.

Ce n'est donc pas par hasard qu'il s'y retrouva ce soir-là, avec l'idée d'y passer la nuit. Le commandant de Cointet se trompait : il n'était pas seul, loin de là. Ces deux amis ne le laisseraient pas dans l'ornière. Sans parler de Pierre, malheureusement retenu par le commissaire, dont les remarques ingénues, mais souvent pertinentes lui manquaient.

Non, il n'était pas seul. Il avait même à disposition une petite armée avec les enfants de troupe de l'apache. À lui de concevoir le plan de bataille. Mais Dieu que c'était compliqué ! Émile arriva vers huit heures du soir.

— Salut Théodore, t'as pas l'air dans ton assiette.

— C'est peu de le dire. J'ai le cerveau en bouillie à force de réfléchir.

— Alors, attends pas qu'ça éclate. Viens, on va s'en j'ter un. Tu m'raconteras tes misères.

---

[1] La loi relative à la création des syndicats professionnels, dite loi Waldeck-Rousseau, fut votée le 21 mars 1884. Elle autorise la mise en place de syndicats en France.
[2] Devise anarchiste.

Le bouge dans lequel ils s'étaient installés, rue de l'Ermitage, était tout sauf accueillant ! Une patronne énorme, sale et pas commode. Son mari, déjà saoul à cette heure, avachi sur une des chaises bancales du bistrot. Émile avait l'air d'y avoir ses habitudes :
— Eh, la mère Michel ! Sers-nous un ballon d'rosé frais.
— Et la politesse, ça t'écorcherait la gueule ?
— S'il te plaît.
— Et pis arrête de m'appeler la mère Michel. Moi, c'est Josiane, et en plus, j'ai pas d'chat !
— Bon, ça va ! J'voulais pas offenser.

La mère Josiane devait manquer de glace. Théodore faillit recracher à la première gorgée le liquide qu'elle vendait pour du vin.
— Pouah ! Un rosé tiède.
— Bah, ça passe quand même, répondit Émile qui avait vidé son verre sans une grimace. Alors, qu'est-ce qui t'arrive, mon gars ?

Le policier raconta par le menu sa visite au deuxième bureau, à peine interrompu par le troisième compère de la bande qui prit place en silence. Théodore résuma à son intention et conclut :
— Donc, à partir de maintenant, je n'ai plus aucun pouvoir.
— Parce que t'en avais, avant ? le coupa l'apache en riant.
— Tu pousses le bouchon un peu trop loin, Maurice !
— Excuse-le, intervint Émile, il voulait dire que t'avais pas beaucoup de soutien dans ta hiérarchie.
— Je suis bien obligé de reconnaître que c'est vrai. Mais là, c'est pire encore. J'ai perdu l'accréditation pour diligenter une perquisition. Et pourtant, il faudrait bien que je cherche l'arme utilisée pour le troisième crime. Si nos soupçons sont

fondés, à propos de Hans Villemin, ce revolver est peut-être caché dans l'hôtel des Réservoirs.
Silence.
Théodore poursuivit :
— Je ne suis même plus habilité à pénétrer dans cette résidence ! Un comble pour l'enquêteur que je suis. Comment procéder à des interrogatoires ? Ils peuvent me mettre dehors si ça leur chante.
— Je te rappelle qu'ils ne s'en sont pas privés, alors que tu étais supposé être en mission officielle. Par contre, les amis, je veux bien ébouillanter mon cerveau moi aussi, mais je ne le ferai pas le ventre vide. Que diriez-vous de Ménilmontant ? Chez Zicko ?
— Excellente idée, copain, s'exclama l'apache. Et c'est notre inspecteur favori qui régale !
— Comme vous y allez !
Émile attrapa discrètement un enfant et lui chuchota quelques mots à l'oreille. Le gamin décampa rapidement en courant.
— Bon, en avant pour le banquet. Après tout, vous le méritez bien. Dommage que Pierre ne soit pas là.

Après être repassés chez Maurice, les trois hommes marchaient et devisaient tranquillement sur l'un des trottoirs de la rue des Pyrénées. La douceur de cette soirée de juin incitait les promeneurs à déambuler. Émile s'adressa en riant à Théodore :
— Alors, paraît qu'y a des anars chez les roussins ?
— Toi, tu as vu Kléber !
— Il est heureux de tes visites, sais-tu ?
Le policier se contenta de sourire. Pour combien de temps encore ? Ils croisèrent l'enfant qui tendit un pouce levé au chiffonnier, sans que Théodore semblât le remarquer.

Il fallut toutefois patienter une quinzaine de minutes avant qu'un espace se libérât en terrasse. Maurice ajouta une chaise aux trois déjà en place autour de la minuscule table.

— Quatre ? Mais nous ne sommes que trois. Allons l'apache, ne me dis pas que tu ne sais plus compter !
— Gardons un siège vide au cas où. N'est-ce pas toi qui me conseilles toujours d'être prévoyant ?
— Si ça continue, dit Émile, vous allez pouvoir me ramasser en poussière, tant je suis déshydraté ! Aucun serveur à l'horizon, Théodore, va nous commander l'apéritif.
Le policier ne se fit pas prier.

C'est le moment que choisit Pierre pour arriver. Le chiffonnier le pressa de s'installer sur le quatrième siège.
— Tu tombes à pic, petit ! Il aura une drôle de surprise en revenant, ton inspecteur.
— Merci pour l'invitation, mon grand-oncle.
L'apache se leva vivement :
— Je vois que je gêne ces belles retrouvailles. Pas de bonjour, pas même un regard ! Qu'est-ce que je t'ai fait ? T'as honte de t'attabler avec un de Belleville ? Je préfère vous laisser entre vous.
— Rassieds-toi, intervint Émile. Théodore va revenir et faudrait pas lui gâcher la fête.
Il poursuivit, s'adressant à Pierre :
— Quant à toi, p'tit gars, j'te conseille de changer d'attitude vis-à-vis de notre ami Maurice. C'est vrai qu'on n'est pas toujours blanc-bleu, mais s'il est des personnes sur qui tu peux compter, c'est bien nous, surtout notre apache. Alors, dis bonjour au monsieur !
Pierre tendit la main mollement tandis que Maurice reprenait place. L'accroc n'était pas raccommodé, mais ils feraient comme si. Il était temps, le policier revenait avec trois bocks.
Émile afficha un large sourire.
— Ah, les amis, celle-là, elle va passer comme une lettre à la poste ! Cependant, cher inspecteur, il me semble qu'il en manque une.
— Pierre ! s'exclama Théodore. Mais que fais-tu ici ? Comment…

— Un enfant est venu me trouver à la sortie de la préfecture pour m'inviter à votre réunion.
— Un enfant ? Nom de Dieu, Émile, celui que nous avons croisé et qui t'a fait un petit signe ! Gredin !

Il fallut que le policier affranchît Pierre au sujet des derniers rebondissements de l'enquête. Celui-ci ne manifesta pas la curiosité que Théodore avait espérée. Le garçon arriva avec les victuailles commandées : œufs cuits durs, bol de mayonnaise, pâté de campagne, jambon de pays et pain. De quoi rassasier ces estomacs qui commençaient à crier famine. C'est la bouche pleine que l'inspecteur conclut :
— Voilà, tu sais tout. En un mot comme en cent, je suis coincé.

Pierre paraissait soucieux, mangeottant tête baissée, tandis que les trois autres se remplissaient allègrement la panse. Théodore lui en fit la remarque :
— Eh bien, mon ami, n'as-tu pas faim ? Qu'est-ce donc que cette mine de déterré que tu nous fais ? Un problème ?

Ce fut Maurice de Belleville qui répondit à la place du jeune adjoint :
— Je crois bien qu'il n'affectionne pas de manger en ma compagnie. N'est-ce pas, Pierre ?

L'ambiance retomba d'un coup, les visages se crispèrent en guettant la réaction du p'tit gars, comme le surnommait Émile. Elle se fit attendre plusieurs minutes, jusqu'à ce que Pierre se lève piteusement :
— Pardonnez-moi les amis, et surtout toi, l'apache. J'ai honte. J'éprouve envers toi, depuis le début, un sentiment détestable, un rejet sans motif. Tout ça parce que je te considère comme un voyou, un détrousseur. Théodore me l'a pourtant reproché à de nombreuses reprises, sans que cela change mon appréciation. Et vous voilà ici, réunis autour d'une même cause, réunis par l'amitié qui vous lie. Et moi qui viens faire ma mijaurée...
— Un prêtre ! Vite ! s'exclama Émile, tentant de détendre l'atmosphère. Il y a confession !

— Il s'agit bien de cela, en effet. Comment osé-je juger et condamner sans savoir ? Je vois bien que Maurice est un chic type. Après tout, que peuvent bien m'importer ses occupations, du moment qu'il se comporte en honnête homme avec nous ?
— Ça suffit ! intervint l'apache. Cesse donc de te morigéner. Je reconnais que j'étais ce qu'on appelle un mauvais garçon avant cette guerre. Mais c'est du passé. Théodore, en me rendant un service au début du conflit, m'a montré la voie. Certes, je ne puis avoir une existence qu'on pourrait qualifier de normale, mais je survis désormais sans crainte du déshonneur. Vois-tu, la prison n'est pas l'unique moyen d'écarter les voyous du crime. La bonne personne au bon moment, et c'est ton destin qui fait demi-tour. Note bien que l'inverse est également vrai. Alors, serre-moi la paluche franchement et n'en parlons plus.

Cette fois-ci, la poignée de main fut sincère. Un peu plus, et Pierre embrassait son nouvel ami ! Fidèle à lui-même, Émile eut le dernier mot :
— Un *pater* et trois *ave*[1]. Et maintenant, terminons notre bombance. Fort heureusement, aucun des plats n'a refroidi ! Je suggère cependant que le p'tit gars fasse pénitence en allant nous commander quatre bocks de plus. C'est qu'ça m'rend sec, moi, tous ces sentiments !

Pierre retrouva des couleurs et de l'appétit. C'est même lui qui revint au sujet principal de la discussion en s'adressant à Théodore :
— Je suis certain qu'il y a une solution pour te décoincer, comme tu dis. À nous quatre, nous devrions bien trouver un moyen de te dépatouiller de ce bourbier dans lequel tu patauges !
— Je te répète que je suis seul et sans soutien de ma hiérarchie.

---

[1] Allusion à la pénitence prononcée par le prêtre à la suite de la confession.

Le jeune adjoint haussa le ton :
— Et alors ? De quoi parle-t-on, à la fin ? D'un individu qui a abattu l'Allemand d'un coup de revolver. Cet assassin, nous le connaissons. Si nous n'avons pas toujours de preuve formelle, les fortes présomptions qui orientent les soupçons vers lui sont suffisantes pour déclencher un interrogatoire et une fouille en règle. Des aveux feront l'affaire...
— Impossible, te dis-je ! Ma carte de police est inutile. Il n'est pas obligé de me parler, encore moins de m'ouvrir la porte de l'hôtel.

Émile et Maurice, devinant où Pierre voulait en venir, souriaient. Le p'tit gars les apostropha :
— Et vous, vous laisseriez tomber à sa place ?

Théodore en fut estomaqué. Son jeune ami, qui, il y a tout juste un quart d'heure, gardait la tête baissée, se comportait maintenant en meneur, en provocateur même. L'apache répondit :
— Si tu connaissais les gaillards de Belleville, tu ne me poserais pas cette question.

Émile renchérit :
— Et si tu avais fréquenté les communards en 1871, cette interrogation ne te serait certainement pas venue à l'esprit. Puis-je citer ce scélérat de Napoléon, alors qu'en route pour prendre Madrid, son armée se trouva bloquée au pied d'un col ? « *Comment ? Impossible ! Je ne connais point ce mot-là !* ».
— Tu vois bien ! lança Pierre. Je suis sûr qu'un petit calva te décoincerait les méninges.
— Ça c'est parler ! s'écria Émile. Voilà ce qui te manque, mon cher Théodore, un dégrippant ! Un peu d'huile dans les rouages.
— Soit, céda l'inspecteur en mimant l'impuissance.

Il faut croire que les engrenages étaient bien grippés, car la première tournée ne donna aucun résultat. Ils durent persévérer. L'alcool aidant, Théodore se détendit tandis que Pierre, lui, commençait à bégayer, peu habitué qu'il était à ce breuvage. Émile repoussa le verre que le jeune homme tentait d'attraper :

— Ça suffit, p'tit gars. T'en as assez pour ce soir. N'oublie pas que nous devons trouver une solution au problème de notre ami.

L'apache demanda le silence, car ce qu'il avait à dire ne devait pas tomber dans des oreilles peu scrupuleuses.

— Le plan est d'une simplicité enfantine. Premièrement : capturer l'assassin. Deuxièmement : le pousser aux aveux. Troisièmement : se faire remettre l'arme du crime.

— Pourquoi n'y ai-je pas pensé ? ironisa Théodore. Crois-tu que cela soit si élémentaire ?

— Bien entendu ! Ceci dit, les méthodes que nous devons utiliser seront probablement peu orthodoxes au regard de ton manuel de parfait policier. Il me faut donc préciser.

Pendant le quart d'heure qui suivit, l'esquisse que Maurice venait de soumettre devint un véritable plan de bataille que Théodore approuva avec une certaine réserve :

— Eh bien mon ami, on peut dire que tu as de l'imagination ! En conclusion, nous nous mettrons hors-la-loi ! Je l'accepte pour moi, pour toi Émile et pour toi l'apache. Pas pour Pierre. Il est tout nouveau et je ne veux pas lui faire risquer une marque qu'il aura à traîner toute sa vie.

En fait, le jeune collègue de Théodore s'était endormi et n'avait pas entendu la fin de la discussion. Il fut décidé par les trois hommes de le tenir en dehors de l'opération qu'ils venaient de concevoir.

— Et pour ton capitaine ? demanda Maurice.

— Bah ! Son tour arrivera, je n'en doute pas. Laissons-le pour l'instant et focalisons-nous sur Hans Villemin.

— Il me faut une demi-journée pour mettre en branle les préparatifs. Demain dans l'après-midi, 4 heures, ça vous convient ?

— Va pour 16 heures. Rentrons à Belleville maintenant, une bonne nuit nous fera du bien.

— Surtout à lui, acquiesça Émile en se tournant vers Pierre avec un grand sourire. On va devoir se l'trinqueballer !

16

Il faisait à peine jour quand l'apache débarqua aux environs de l'hôtel des Réservoirs avec une petite bande d'enfants. La plupart d'entre eux n'avaient jamais pris le train ni même franchi les frontières de la capitale. Maurice les avait déguisés en ramoneurs. Ainsi, les autres usagers, qui pourtant n'osaient s'approcher de ces gamins sales et dépenaillés, ne pensaient pas à mal. Le soir, certains gourmanderaient peut-être leurs enfants rapportant une mauvaise note de l'école, en les menaçant de finir comme ces galopins moins que rien, obligés de s'enfoncer dans les cheminées.

Leur mission était simple. Ils devaient dégoter un cellier dans un immeuble voisin de la résidence de la délégation allemande. La petite troupe avait la matinée pour ça. Trouver la cave, s'assurer qu'elle était inoccupée, ou tout du moins être sûr qu'elle ne serait pas visitée dans les prochains jours, se débrouiller pour en crocheter la porte. Au surplus, il fallait que le soupirail ne donnât pas sur une artère fréquentée et fût doté d'une grille en bon état. Maurice et les enfants se distribuèrent les quartiers et cherchèrent pendant deux heures avant de se retrouver. La tenue de ramoneur leur était bien utile pour se faire ouvrir sous prétexte de proposer de curer les cheminées, sans inquiéter les habitants.

L'apache jeta son dévolu sur un immeuble de la rue Sainte-Geneviève faisant face à l'église Notre-Dame. Un large portail permettait d'accéder à une cour intérieure qui offrait une entrée discrète au bâtiment par l'arrière. Les serrures ne posèrent aucune difficulté au passe-partout. Il avait de beaux restes, du temps où on le surnommait le roi des crocheteurs. Mais ça, c'était avant-guerre. Aujourd'hui...

* * *

L'inspecteur Méry, lui, avait commencé la journée en raccompagnant Pierre chez lui. Le jeune homme avait dégrisé, mais n'en menait pas large :
— Je suis désolé, Théodore. Je ne comprends pas ce qui s'est passé.
— À l'avenir, méfie-toi. Émile et Maurice ont une descente que même Henri Pélissier[1] ne pourrait remonter à vélo. Tu ne pourras jamais les suivre sur ce terrain. Ce n'est pas grave, un bon rafraîchissement à l'eau froide et tu seras comme neuf pour embaucher à la préfecture.
— Et ton affaire ?
— Ne t'inquiète pas. Je te tiendrais au courant.
— Mais...
— Passe demain soir à Belleville, je te dirai où j'en suis.
— Belleville ?
— J'y suis bien en ce moment en compagnie de mes deux amis. Au point de commencer à penser à un déménagement.

Après avoir déposé son jeune adjoint devant son immeuble, Théodore avait pris la direction de l'hôpital de la Charité. Sa visite fut aussi brève et aussi silencieuse que la précédente. La cornette lui avait confié que Kléber n'ouvrait plus les yeux que quelques dizaines de minutes par jour. La fin approchait.

Rentré chez lui pour se changer, il lança une énième boule de papier dans la corbeille. Quand pourrait-il donc répondre à Domitilde ? Elle finirait par se lasser s'il continuait

---

[1] Henri Pélissier (1889 - 1935). Champion cycliste. Second au tour de France 1914.

ainsi de la laisser sans nouvelles. Le policier se fit violence pour enfin donner signe de vie.

*Domitilde,
Ne crois pas que je t'ai oubliée, bien au contraire. Puis-je te demander de patienter encore un peu ?
Bien à toi
Théodore.*

Trop froid ! En tout cas, pas la lettre d'un homme à la femme qu'il aimerait reconquérir. Le feuillet rejoignit les autres. Il s'y remit en fois encore.

Ma Domitilde.

Il avait pris sa décision. Deux mots et elle comprendrait !

* * *

Théodore, Émile et Maurice se retrouvèrent en fin d'après-midi, rue Sainte-Geneviève à Versailles. L'inspecteur félicita l'apache :
— Bravo l'ami, l'emplacement est idéal.
Pendant que le policier détaillait les environs, Maurice sortit de sa besace des bottes, un pantalon, une veste et un képi. Tout en se changeant à l'abri d'une porte cochère, il s'amusa :
— Vous pourrez, dans quelques minutes, saluer le lieutenant Maurice de Belleville. Citations en tous genres, croix de guerre et tout l'toutim.
Ses deux amis en restèrent bouche bée. Émile réagit le premier :
— Eh ben mon colon ! Si j'm'attendais à un truc pareil ! Où qu'c'est qu't'as dégoté ces frusques ?
— Je ne les ai pas volées, si c'est ce que tu sous-entends. Elles font partie du patrimoine familial. L'héritage d'un cousin qui s'est fait trouer sur la Marne. Sa mère a fait des pieds

et des mains pour récupérer son uniforme. Elle est tellement fière de son fils lieutenant...
— En tout cas, lieutenant Maurice de Belleville, ça claque !
Théodore fut un peu moins optimiste :
— N'oublie pas les gardes devant l'hôtel. Si les Allemands tomberont certainement dans le panneau, tu n'es pas à l'abri qu'une sentinelle plus curieuse que les autres t'interroge sur ton régiment.
— Tout est affaire de posture ! Il me suffira de me comporter en officier pressé et dédaigneux.
— De posture ou d'imposture ? plaisanta Émile.

* * *

Un quart d'heure plus tard, le lieutenant Maurice de Belleville se présentait au poste de garde. La sentinelle s'approcha de lui et lui demanda l'objet de sa visite :
— C'est pour quoi, mon lieutenant ?
L'apache fixa son interlocuteur dans les yeux et fulmina :
— On ne salue pas ? Ce n'est pas parce que la guerre est sur le point de se terminer que la discipline doit se relâcher. Et redressez-moi cette tenue.
Le factionnaire claqua immédiatement le salut ordonné. Le lieutenant ne le laissa pas respirer :
— Que je ne vous y reprenne plus ! Je dois voir l'*oberst* Rudolf Schenker, sans délai.
Comme prévu, la sentinelle l'amena à l'entrée de l'hôtel sans faire de difficulté. L'habit fait donc le moine ! Elle sonna et se retira. Au majordome qui ouvrit, l'apache tenta de réitérer l'objet de sa visite. Hans Villemin vint rapidement au secours du factotum qui ne comprenait pas.
— Bonjour lieutenant, que pouvons-nous faire pour vous ?
— J'ai ordre de réquisitionner l'interprète de votre délégation. Est-ce vous ?

— C'est moi en effet, mais cette requête doit être présentée au colonel. Je vais vous l'amener, s'il n'est pas occupé.
— Occupé ou pas s'indigna l'apache, il faudra bien que vous m'accompagniez.

L'imposteur n'était pas mécontent de son numéro d'acteur. Il semblait qu'aucun de ses interlocuteurs ne se doutât de la mystification qu'il avait échafaudée. L'officier supérieur se présenta après plusieurs longues minutes. Il était certain que Hans Villemin lui avait résumé la requête du Français.

— Warum[1] ? aboya-t-il.

L'apache ne se démonta pas. Il répondit avec le même ton :

— Il ne m'appartient pas de vous le révéler. Vous devez cependant vous douter que cette requête est en relation avec le traité de paix.

— Pour combien de temps ? demanda l'interprète après une nouvelle question du colonel, en allemand.

— Quelques heures, tout au plus. Il devrait être de retour avant minuit.

L'officier supérieur poussa son subordonné à l'intérieur et referma la porte, laissant l'apache sur le perron.

Il patienta inquiet dix bonnes minutes avant que Hans Villemin ne refît son apparition, seul.

— Je vous suis, lieutenant.

Ils passèrent devant la garde sans que celle-ci s'alertât. Après tout, un gradé français qui escortait un Allemand, ce n'était pas la première fois.

L'interprète fit part de son étonnement quand il s'aperçut que la direction qu'ils prenaient les éloignait de l'ancienne résidence royale :

— Nous n'allons pas au château ?

Pas de réponse.

---

[1] Pourquoi ?

C'est quand ils se présentèrent au niveau du 9 de la rue Saint-Geneviève, devant l'immeuble que l'apache avait repéré, que Hans Villemin s'inquiéta :
— Que faisons-nous ici ? À ma connaissance, il n'y a pas de bureau de l'armée française dans cet immeuble.
Devant le silence du simili-lieutenant, il tenta de faire demi-tour. L'ancien malfrat fut prompt à sortir un couteau à cran d'arrêt.
— Ne fais pas d'histoire, veux-tu ? Passe devant sans poser de question.
Il siffla.
Un des battants s'ouvrit et l'interprète reconnut Émile.
— Mais pouvez-vous m'expliquer ce que nous faisons ici ? Cet homme n'est pas militaire.
Maurice se contenta de le pousser brusquement devant lui. La porte cochère fut rapidement refermée.

— Bienvenue, cher Hans.
Quand celui qui commençait déjà à se sentir prisonnier pénétra dans la cave, Théodore l'avait accueilli avec un large sourire. Le policier invita l'Alsacien à s'asseoir et prit le temps de laisser la crainte puis la peur s'immiscer dans la tête de l'interprète.
La faible lueur d'un chandelier parvenait difficilement à éclairer la pièce. Ici et là, des caisses empilées, des sacs en toile de jute, de bouteilles vides jonchaient le sol en terre battue. Émile et l'apache interdisaient toute sortie.
L'inspecteur poursuivit :
— Tu sais que ça a failli marcher ?
— Mais de quoi parles-tu ? Vas-tu m'expliquer à la fin ?
Théodore avait décidé de jouer cartes sur table dès le début. S'exprimant comme s'il connaissait déjà les tenants et aboutissants, n'attendant qu'une confirmation.
— Et ce sens du détail ! Un billet, comme pour les deux premiers meurtres.
Hans Villemin blêmissait au fur et à mesure que Théodore faisait son exposé.

— J'observe à ta mine que tu as compris ce dont il s'agit.
— Je n'ai rien à dire. Je suis protégé par l'immunité diplomatique. Ramenez-moi à la résidence sinon...
— Sinon quoi ? éclata le policier. Personne ne sait que tu es dans cette cave et vois-tu, j'ai tout le temps.
— Je veux un avocat !
— Tu n'en auras aucune utilité, car l'homme que tu as devant toi n'est pas flic en ce moment et mes deux adjoints ne le sont pas non plus. J'ai seulement besoin que tu me dises la vérité.

Hans se leva soudainement. L'apache le saisit et le replaça brusquement sur sa chaise avant de lui passer la lame du cran d'arrêt devant les yeux. Les trois hommes avaient convenu préalablement d'inspirer la terreur à l'interprète. Théodore avait cependant insisté pour qu'aucune violence physique ne soit utilisée. Le combat ne devait se dérouler que sur le plan psychologique, pour le faire craquer. Il reprit :

— Il ne s'agit plus d'une enquête de police, mais d'une mission discrète que je mène pour ton supérieur officieux. Comme tu le comprends, je ne te cache rien. Un Allemand de la délégation a été assassiné, ou plutôt exécuté, par arme à feu. Tous les indices en ma possession m'amènent à supposer fortement ta culpabilité. Alors j'attends tes explications et surtout tes aveux.

Hans Villemin, avachi sur sa chaise, ne réagit pas. Théodore enfonça le clou :

— Tu veux le dernier en date ? L'écriture du billet trouvé sur le cadavre par lequel tu as tenté d'imiter les crimes précédents est la même que celle du mot que tu m'avais donné pour le rendez-vous à l'église Saint-Symphorien.

— Et qu'allez-vous faire de moi ?
— Enfin ! J'ai bien cru que tu étais devenu muet. Après ? Cela dépendra de ce que tu me diras. Car vois-tu, je vais sans doute être contraint de cumuler les rôles d'avocat de la partie civile et de juge.

Le mis en cause était à point ! Ne restait plus qu'à porter l'estocade.
— De deux choses l'une. Ou tu es vraiment un criminel et je te livre au commandant de Cointet avec tes aveux, ou tu me parais pouvoir bénéficier de circonstances atténuantes et je te proposerai une porte de sortie honorable. Mais chaque chose en son temps. J'écoute.

* * *

— C'est moi, j'avoue. Le troisième, c'est moi. Mais pas les deux autres !
Cette fois-ci, c'est Théodore qui resta muet, laissant tout le temps à l'accusé de s'expliquer.

Son histoire commençait fin 1913, dans sa ville de naissance : Saverne. Un sous-lieutenant des troupes allemandes d'occupation avait tenu des propos humiliants à l'égard de la population alsacienne en les traitant de *Wackes*[1]. Il avait poussé l'injure jusqu'à promettre dix marks pour chaque *Wackes* poignardé par un de ses soldats. S'en étaient suivies des manifestations, tant en Alsace-Lorraine que dans les autres régions d'Allemagne. Trente Savernois avaient même été arrêtés, dont l'oncle de Hans, cordonnier. À sa sortie de prison, quelques jours plus tard, celui-ci n'avait pas caché son hostilité en se moquant ouvertement de ce sous-lieutenant qui se promenait, protégé par une escorte. Un sous-officier de cette troupe s'était précipité vers le brocardeur, sabre au clair, et l'avait frappé à quelques mètres de son neveu, venu chercher son parent. Hans l'avait ramassé en sang, encore sous la menace de l'Allemand. Le vieil homme en était resté infirme.

---

[1] Voyous.

Le hasard avait voulu qu'il retrouvât ce militaire sur le front de l'Est en mars 1916 lors de la bataille de Dvinsk[1], en Lettonie. L'armée allemande était en fâcheuse posture. Au cours d'une des dernières attaques meurtrières avant la défaite, cet Allemand avait littéralement fusillé dans le dos un caporal qui ne courait pas assez vite à son goût. Ce caporal était Alsacien de Saverne, ami d'enfance de Hans. Ce qui l'avait empêché de punir l'assassin de son camarade, c'était sa position d'espion au service des Alliés, ne pouvant se faire remarquer, au risque de passer lui aussi devant le peloton d'exécution.

Peut-on encore appeler hasard l'enchaînement d'évènements qui présidèrent à la troisième rencontre ? La vengeance est un plat qui se mange froid, dit-on. Hans l'avait avalé glacé. Dès qu'il avait aperçu Jürgen Rosenthal pénétrant dans l'hôtel, sa résolution avait été prise.

Finalement, les circonstances mêmes de l'assassinat n'avaient que peu d'importance. Il l'avait fait sortir de la résidence par le souterrain pour un motif quelconque et l'avait tué sans autre forme de procès.

Un long silence avait suivi la confession de l'Alsacien. Les trois Français ne savaient que penser de cette terrible destinée. Théodore, qui se voulait juge peu de temps auparavant, éprouvait un malaise qu'il ne pouvait plus cacher. Ce fut Émile qui prit le relais :
— L'accusé a comme qui dirait débarrassé la terre d'un salaud ! Non seulement il a des circonstances atténuantes, mais il faudrait le médailler.
— Doucement mon ami, rétorqua le policier. Quand un homme en tue un autre, on appelle cela un homicide. Et un homicide est lourdement puni par la loi.

---

[1] Aujourd'hui, Daugavpils.

En vérité, Théodore n'était pas loin de partager le sentiment du chiffonnier. Des officiers et sous-officiers tels que ce Rosenthal, il y en avait eu dans les deux camps. Dans l'armée française en particulier. Lui-même avait été confronté dès 1915 à des comportements indignes de la part de ses supérieurs. Les menaces de peloton d'exécution étaient fréquentes envers les pauvres gars qui avaient tout simplement la trouille. Certains de ces gradés l'avaient payé de leur vie, supprimés par des soldats à bout, se vengeant d'une brimade plus imbécile que les autres. Il poursuivit :
— Mais admettons ! Admettons que les raisons qui l'ont poussé à se faire juge puis bourreau nous semblent, sinon justifiées, du moins légitimes. Nous ne pouvons cependant pas l'absoudre sans châtiment. Qu'en dis-tu, Maurice ?

L'apache, conformément au scénario convenu, représentait le taiseux, celui qui, bien que silencieux, n'en pensait pas moins. Le procureur, l'avocat et l'observateur. L'idée de ce jeu de rôles leur était venue la veille, alors qu'ils rentraient. Si la culpabilité de Hans Villemin ne faisait pas de doute, restait le cas du capitaine d'Aunaie. Celui qui motivait Théodore. Ils devaient profiter de Hans Villemin pour fouiller les chambres des deux premiers assassinés. Il était persuadé d'y trouver des indices reliant l'un des deux officiers allemands à celui qui avait tenté de le faire passer de vie à trépas au moins à deux reprises.

Il fallait amener l'Alsacien à collaborer. Maurice finit par répondre :
— Placé dans les mêmes conditions, j'aurais agi pareillement. Un homicide, dis-tu ? Combien de millions d'homicides pendant ces quatre terribles années ? Ces poilus à qui on a appris à tuer, qu'on a décorés pour avoir estourbi des gaziers sans les connaître. Comment veux-tu qu'ils reviennent indemnes ? Certes, l'accusé ici présent a assassiné un de ses semblables, mais crois-tu que la vie humaine ait autant de valeur dans son esprit après avoir traversé toutes

ces horreurs ? Il aurait fallu être un saint pour tendre l'autre joue.

Hans Villemin suivait la discussion qui décidait de son sort sans bouger. La peur qu'il avait ressentie tout au début de l'interrogatoire s'était presque estompée. Il en était arrivé à douter que Théodore le remît au chef du deuxième bureau. Ce qu'il ne comprenait pas, c'est où voulaient en venir ses trois geôliers. Quand et sous quelles conditions sortirait-il de cette cave ?

Il profita du silence qui suivit la déclaration de l'apache pour tenter de reprendre contact :
— Puis-je fumer ?
— Bien sûr, répondit Théodore, presque amicalement.
— C'est que j'ai oublié mes cigarettes à l'hôtel.
Le policier lui tendit l'étui marqué *Klaus M*. perdu par le capitaine d'Aunaie lors de sa fuite.
— Merci, Théodore. Désolé, je n'ai pas ma flasque de schnaps.

Tirant une longue bouffée, il reprit la parole :
— Je te confirme que c'est bien celui de Klaus Meine, l'Allemand retrouvé sur le banc du parc Montsouris. Il y tenait comme à la prunelle de ses yeux, cadeau de son frère, tué en Champagne en juillet 1918.
— Tu l'estimais ?
— Klaus, tout comme son ami Roth, était un officier que je jugeais respectable. Toujours très prévenant et parfois chaleureux.

Le moment était venu pour Théodore de dévoiler la suite à l'interprète alsacien. Il fallait auparavant entamer le troisième acte de cette tragi-comédie par une nouvelle scène.
— Nous allons sortir pour délibérer. Ne tente rien ! Compris ? Sinon...

C'est plus de vingt minutes plus tard qu'ils refirent leur apparition dans la prison improvisée. Le temps, pensaient-

ils, de placer l'Alsacien en position de ne pouvoir refuser la proposition qu'ils avaient à lui faire. Théodore utilisa un ton sentencieux :
— Hans Villemin, levez-vous.

Émile et Maurice eurent beaucoup de mal à garder leur sérieux quand il poursuivit :
— Après avoir délibéré, nous vous déclarons coupable d'assassinat sur la personne de Jürgen Rosenthal. La cour a pris en considération votre plaidoyer en vous reconnaissant des circonstances atténuantes. En conséquence...

Une blague ? L'Alsacien n'en croyait pas ses oreilles. Une blague, ça ne pouvait être qu'une blague. Il sourit, ce qui sembla agacer le président :
— Cette ironie que je soupçonne vient fort mal à propos. Je me demande si vous méritez vraiment la sortie honorable que nous avons à vous suggérer.

Le rictus se figea, l'accusé baissa les yeux en signe de repentance. Ils sont sérieux. Quelle est donc la sortie honorable dont il me parle ?

— C'est mieux ainsi ! Car nous vous proposons, ni plus ni moins et pour peu que vous y mettiez un peu du vôtre, de faire endosser votre crime par un autre assassin...

Hans Villemin releva la tête, incrédule.

— Comment cela ?

— Pour être plus précis, ce meurtrier en question est celui des deux premiers officiers allemands. Celui-là, croyez-moi, est d'un machiavélisme bien supérieur à vos pauvres tentatives de dissimulation. Ce criminel encourt un châtiment exemplaire ! Si nous pouvons lui imputer deux homicides, sans doute pouvons-nous y ajouter celui dont vous vous êtes rendu coupable.

Théodore stoppa là, attendant la réponse de son interlocuteur. Celle-ci vint après plusieurs minutes et le contraria :

— Puis-je dire que tout ceci ne me paraît pas bien légal, et surtout injuste ? Si...

— Soit, répliqua le policier. Je ne puis que vous complimenter pour cette honnêteté qui vous mènera très certainement au bagne, ou à l'échafaud.

S'adressant à Émile et Maurice, il conclut :
— Messieurs de la cour, veuillez noter que l'accusé décline notre proposition. En conséquence de quoi, nous le remettrons dès ce soir au commandant de Cointet, chef du deuxième bureau et, en l'occurrence, supérieur hiérarchique dudit accusé.

Hans Villemin s'effondra sur la chaise. Les trois compères n'avaient pas prévu cette réaction, s'attendant à ce que l'Alsacien se jette sur la planche de salut qu'ils lui offraient. Ils se regardèrent incrédules et inquiets. Théodore comprit que la mystification devait s'achever. Il se leva, prit l'Alsacien par le bras, le redressa et lui souffla :
— Cessons là ce manège stupide, Hans. Je vais tout t'expliquer.

L'inspecteur ne cacha rien de l'enquête qu'il menait depuis des semaines. L'impasse dans laquelle il était acculé. Il restait une carte à jouer, celle de dénicher des indices permettant d'établir une relation entre les Allemands assassinés et le capitaine d'Aunaie.
— En un mot comme en cent, Hans, je dois perquisitionner de fond en comble les chambres des victimes, et cela, sans réquisition officielle.
— Et que viens-je faire là-dedans ?
— Tu vas nous faire entrer, pardi !
— Moi ? Mais c'est impossible !
— Il faudra pourtant bien que tu trouves une solution. Réfléchis bien. Tu pourrais nous aider à pénétrer dans l'hôtel des Réservoirs par le souterrain que tu connais. En pleine nuit, profitant de ce que la délégation dort.
— Mais, s'ils nous surprennent !
— Nous serons aussi silencieux et feutrés que des chats, rassure-toi. Fais confiance à notre apache. Et puis tu

monteras la garde dans le couloir. À la moindre alerte, il te suffira de nous prévenir.
— Je ne sais pas si…
— Écoute, Hans, tu n'as pas vraiment le choix. De plus, c'est pour cette nuit ! Pas le temps de tergiverser.
— Cette nuit ! Mais…
— Cette nuit, un point c'est tout. Et en attendant, que dirais-tu de partager le souper avec nous ? Tu fais partie de l'équipe maintenant !

Émile se crut obligé de formuler l'un de ses sempiternels proverbes en guise de conclusion :
— Ventre plein sonne bien !

17

Les chambres des deux officiers, fort heureusement contiguës, étaient situées sous les combles, au dernier étage. Comme convenu, Hans avait fait pénétrer les trois hommes par le souterrain en leur recommandant une fois encore le silence. Ils se déchaussèrent avant d'entrer. Pour diminuer le risque qu'une des marches ne craque, ils les montèrent deux à deux, à peine éclairés par la lune qui les transformait en ombres furtives.

La serrure de la première mansarde, celle de Ulrich Roth, ne résista pas à l'habileté de l'apache. Les rideaux tirés, ils purent enfin allumer une torche électrique. L'officier allemand n'était logé que dans une chambre de bonne. Un lit étroit, une commode minuscule faisant office de bureau et un tabouret composaient l'ameublement sommaire dont il avait dû se satisfaire.

Hans patienta avec inquiétude dans le couloir, attentif au moindre bruit, prêt à alerter ses nouveaux amis, si tant est qu'il puisse les nommer ainsi. Une heure passa avant qu'ils ne sortent de leur inspection. Théodore lui murmura :

— Rien.

Ils entrèrent dans la seconde chambre avec la même facilité que dans la première. Aménagement intérieur pratiquement identique. Recherches vaines. Les pièces avaient évidemment été nettoyées depuis la mort des officiers. Pas un dossier, pas un document ne traînait. À quoi bon prendre tous ces risques pour un tel résultat ?

Les trois hommes allaient sortir quand Théodore remarqua :
— Regardez ce pied de lit, il est calé par un petit livre. Pourquoi ? Un seul des deux pieds est ajusté ainsi. À croire qu'ils n'ont pas la même longueur. Et quel écart ! Deux centimètres, au bas mot. Sacré nom de Dieu ! Il a été scié !
Pendant que l'apache soulevait le lit, l'inspecteur saisit ce qui lui apparut, à la lumière de la torche électrique, comme un calepin. À l'intérieur, des dizaines de pages manuscrites. Ils ne s'attardèrent pas, se retrouvant à la sortie du souterrain dans les bosquets du parc.
— J'avais pourtant juré de ne plus m'amuser à la cambriole, ricana Maurice.

Hans souffla enfin en s'allongeant. Nul doute qu'il serait questionné par l'*oberst* Schenker le lendemain et qu'il aurait quelques mensonges à lui servir. Il ne trouva le sommeil qu'au petit matin, partageant une fois de plus le trou d'obus avec Théodore.

* * *

Quatre heures du matin. Comment rentrer à Paris ? Les trois hommes décidèrent de rejoindre la gare de Versailles-Rive-Gauche afin de prendre le premier train en partance pour Paris. Par chance, une brasserie face aux quais n'avait pas encore fermé. Il faut dire que la conférence de paix drainait une foultitude de militaires et de diplomates de toutes nationalités. Une clientèle avec des moyens, comme le leur confirma le patron :
— Avec ce qu'ils dépensent, je peux facilement embaucher trois extras. Alors, tant qu'il y a des consommateurs, je reste ouvert. Mais attention ! Pas de tapage dans mon établissement. Les soûlards qui veulent s'en jeter un dernier ici, on les invite à passer leur chemin. C'est que je ne tiens pas à avoir des ennuis avec la police, moi.

Conscients de pouvoir être entendus, et peut-être même espionnés, ils n'examinèrent pas le carnet. Café et poussecafé leur permirent de patienter au chaud jusqu'à six heures dix-huit, départ du premier train. Réveillés du premier sommeil par la secousse de l'arrivée en gare des Invalides, ils gagnèrent Belleville en silence. Avant de s'effondrer sur sa paillasse, Théodore prit la peine de mettre le calepin en lieu sûr. Il se rappela soudain avoir oublié de réclamer à Hans le revolver Nagant. Bah, quelle importance puisque Hans n'était plus l'assassin ?

* * *

Il n'était pas neuf heures quand Émile avait secoué le policier :
— Debout !
— Hein ? Quoi ?
— Viens, on te demande.
— Personne ne sait que je dors ici ; qui peut bien me réclamer ?
— Kléber.
— Mais, comment...
— Il n'y a pas de temps à perdre, c'est peut-être la dernière occase.

Ils cheminèrent durant près d'une heure et demie pour se présenter devant le pavillon qui hébergeait le malade. S'il avait utilisé sa bicyclette, Théodore aurait été trois fois plus rapide, mais le vieil Émile était de la partie. Pas question de le mettre sur un vélo. La marche, même silencieuse, avait été plutôt agréable avec le soleil de juin qui commençait déjà à chauffer.

Le coup fut rude quand ils constatèrent que le lit qu'occupait Kléber à leur dernière visite était vide. Théodore chercha, de ses yeux inquiets, la cornette. Elle s'approcha dès qu'elle les vît et s'adressa à Émile :

— Je crains bien de vous avoir alerté pour rien, s'excusat-elle. C'est que j'ai bien cru ce matin en prenant mon service que son ultime heure était arrivée. Mais il s'accroche à la vie et...
— Où est-il ? l'interrompit le policier.
— Nous l'avons placé hier dans une chambre à l'écart. Vous comprenez, dans l'état où il est, la mort peut survenir à tout moment. Il n'est pas bon pour le mental des autres patients qu'ils assistent à cela. Suivez-moi.

La pièce paraissait encore plus triste que le dortoir qu'il avait quitté la veille. Kléber les accueillit d'une voix faible :
— Ah ! Fils, tu m'as quand même retrouvé dans l'antichambre de l'enfer.
— Ne dis pas de bêtise. Je suis accompagné de ton vieux camarade.
— Je sais bien que le moment approche, va. J'y suis préparé. Salut l'Émile.

Fidèle à lui-même, le chiffonnier s'en tira par une boutade :
— Salut mon frère. Alors, t'as réussi à t'payer une chambre particulière ! J'ai hâte de voir l'infirmière s'pointer. Tel que j'te connais, sûr qu'elle est plutôt gironde !
— Tu changeras donc jamais ! C'est mieux ainsi.

Kléber se redressa difficilement en grimaçant. Le drap glissa, montrant les épaules squelettiques que laissait supposer son visage émacié. Il articula doucement :
— Ça tombe bien que vous soyez là. Il est temps pour moi de vous communiquer ma dernière volonté.

Théodore et Émile se regardèrent en silence pour ne pas briser l'élan du malade.
— Voilà, pas question pour moi de faire ce grand voyage claquemuré dans un trou ! Ça me rappellerait trop la prison. C'est pour cette raison que j'ai décidé que mon enveloppe terrestre devra être cramée et mes cendres dispersées à l'air libre. Je vous laisse le choix du lieu.

Après un bref instant d'embarras, le fils bredouilla :

— Euh... Mais papa...
— Je n'ai plus le temps de parlementer. Le feras-tu ?
— Oui.
— C'est bien. Partez, maintenant, je suis fatigué. Adieu Théodore, adieu camarade, nous nous reverrons peut-être de l'autre côté, s'il existe.

* * *

Midi sonnait à l'église Saint-Jean-Baptiste de Belleville quand ils rentrèrent. Le soleil du matin s'était voilé, partageant la mélancolie des deux hommes. Les adieux avaient été trop brefs. Mais, après tout, à quoi aurait servi de s'éterniser ? Comme à son habitude, Émile tenta de détendre l'atmosphère :
— Tu vois, Théodore, y'a un sujet devant lequel nous sommes tous égaux, c'est la mort. Puissants ou misérables, nous devrons tous y passer. La camarde est anarchiste !
— Où l'amènerons-nous ?
— Oh, mais tu es seul à être chargé du convoyage ! Tu as tout le temps d'y penser, rassure-toi.
Pourquoi avait-il posé cette question ? Au fond de lui, le policier avait déjà sa petite idée.

L'apache s'étant absenté sans qu'ils connaissent l'heure de son retour, ils décidèrent de commencer l'examen du carnet. Le concours d'Émile s'avérait évidemment indispensable.
Le calepin se présentait sous forme d'une suite de notes datées. Ils débutèrent par la dernière page. La traduction des trois lignes fut un jeu d'enfant.

8 mai 1919
Je n'en reviens toujours pas. Lycos vivant !
J'en saurai plus ce soir

L'inspecteur présenta vivement l'avant-dernier feuillet au chiffonnier.

7 mai 1919
Lycos ! Un fantôme ?
J'ai bien cru que mes yeux me trompaient. Tout à l'heure, dans le parc du château, il était là, à discuter avec d'autres. Il m'a aperçu. Je l'ai pourtant vu mort en septembre dernier !
Alors que je m'apprêtais à rentrer avec Ulrich, il s'est approché, me signifiant discrètement le secret. Une invitation glissée dans ma poche pour demain soir, au parc Montsouris.

— Encore ce Lycos ! s'exclama Théodore. C'est lui, notre assassin. Mais rien qui le relie au capitaine d'Aunaie. C'est à désespérer.

— Patience mon roussin, il dit l'avoir vu mort en septembre 1918, cherchons les pages.

16 septembre 1918
Pourquoi ce rendez-vous si loin de Madrid ? Une abbaye en ruines.
Ce n'est pas dans nos habitudes. Prudence.
Dormi à Penafiel.

17 septembre 1918
Trouvé Lycos mort ou comme tel dans les vestiges de l'abbaye Santa Maria de Valbuena, sa chemise blanche maculée de sang. Moto près de lui. Dernières paroles faisaient allusion à une trahison, me recommandant de filer.
Ce que j'ai fait.
Fin dramatique d'une collaboration de deux ans.

— On peut pas dire qu'il soit verbeux, conclut Émile après sa traduction.
— Une collaboration de deux ans ? Qui était l'espion ? L'Allemand ou le capitaine ? Qui livrait quoi à l'autre ?

— Une seule façon de le savoir : décrypter l'intégralité du carnet. Et c'est encore moi qui vais devoir m'y coller ! Décidément...

Ce fut le moment que choisit l'apache pour réapparaître. Ils lui résumèrent ce qu'ils venaient de découvrir.

— Ah ! l'Espagne, réagit-il. Une des plaques tournantes de l'espionnage. Rappelez-vous Mata Hari, c'est à Madrid qu'elle a fréquenté les Allemands avant d'être arrêtée par les services secrets français.

— Comment sais-tu ça ? l'interpella Émile, surpris.

— Est-il interdit aux gredins repentis de se cultiver ? rit Maurice. Plus sérieusement, j'ai lu les journaux, comme beaucoup. Bien sûr, la censure n'a eu de cesse de biffer les informations, mais j'ai pu reconstituer beaucoup de parties manquantes. Son sort m'a ému, alors j'ai fait quelques recherches. Avec un peu de recul, je ne suis pas loin de penser qu'elle a servi de bouc émissaire en 1917 pour remotiver les troupes après les mutineries et l'échec de la bataille du Chemin des Dames.

— L'apache amoureux ! On aura tout vu.

— Te moque pas, Émile.

Théodore se leva d'un bond et prit congé :

— En tout cas, ta danseuse ne nous apprendra rien concernant notre affaire. Je rentre rue du Moulin de la Vierge. Rendez-vous demain midi.

***

En vérité, le policier n'avait pas l'intention de se reposer dans l'immédiat. Alors qu'il était au chevet de son père, une idée lui était venue qui le turlupinait depuis. Que lui rapporterait cette enquête finalement ? Certainement rien, ou pire. L'idée en question l'amena au siège du deuxième bureau, au 175 de la rue de l'Université.

Le commandant de Cointet le reçut aimablement, malgré l'avertissement donné lors de leur dernière entrevue.

— Alors, inspecteur, comment notre affaire avance-t-elle ?

Notre affaire ! Comme il y allait. Cette affaire n'existait pour lui que si elle aboutissait. Dans le cas contraire, elle resterait celle que l'inspecteur Méry aurait foirée. Théodore ne laissa pas transparaître son sentiment. La contrepartie qu'il s'apprêtait à demander méritait qu'il ne se mette pas à dos le seul soutien — non officiel — qu'il avait.

— Ça avance. Sans doute pas aussi vite que je le souhaiterais, mais je ne doute pas de sa conclusion. Je pourrai vous en dire plus dans quelques jours.

— Bien, très bien. Que puis-je donc faire pour vous ?

— Il s'agit d'une requête spéciale, disons même très personnelle. J'ai bien compris que j'œuvre, comme on dit, pour la gloire[1] et je l'ai accepté. Cependant, j'estime qu'une petite contrepartie ne ferait pas de mal à notre collaboration.

— Petite comment ? répondit le militaire en tendant une tasse de café à son interlocuteur.

Théodore la saisit et prit le temps de goûter la première gorgée. Il s'était pourtant répété la phrase qu'il prononcerait durant tout le trajet. Maintenant qu'il était au pied du mur, tout n'était plus aussi simple. Ne pas contrarier le commandant, au risque d'essuyer un refus sans possibilité d'appel. Il se jeta à l'eau :

— Voilà, mon père va bientôt mourir…

— Vous m'en trouvez sincèrement désolé, mais je ne vois pas en quoi je puis vous être utile.

— Vous allez comprendre.

Le policier expliqua. Son enfance à demi orpheline, la guerre, la réapparition si tardive du géniteur qu'il pensait ne jamais retrouver. Ce paternel anarchiste, souvent condamné, quelquefois déporté. Le commandant de Cointet, sans qu'il sût bien pourquoi, l'écoutait malgré la charge de travail qui

---

[1] Travailler de façon désintéressée.

était la sienne. Il attendait l'objet final de la démarche de cet inspecteur. Il arriva enfin :

— Voilà, je viens vous demander le retrait de Kléber Duchamp, mon père, des carnets B[1]. Il ne fera plus de mal à la République désormais.

— Comme vous y allez ! Je comprends bien évidemment votre sollicitation, mais ces fameux carnets sont du ressort du ministère de l'Intérieur, et non pas de celui de la Guerre.

— C'est que je comptais sur vous pour me représenter auprès du président du Conseil.

— De mieux en mieux, sourit l'officier. Et pourquoi ne le faites-vous pas vous-même ? Il me semble que vous n'avez jusqu'à présent pas reculé devant Clemenceau.

— C'est que j'ai peur de le fâcher par une réaction exagérée en cas d'objection, ce sujet étant de première importance à mes yeux.

Le commandant de Cointet fit mine de réfléchir. Il se leva même, faisant les cent pas. Sa décision avait été pourtant prise dès que Théodore lui avait soumis sa requête. Mais, en négociateur avisé, il ne voulait jamais donner l'impression de céder sans lutter. Il se rassit enfin.

— Et qu'ai-je à y gagner, moi ?
— Mon amitié.
— C'est bien ce que j'attendais. Allez ! Je vois le président du Conseil demain matin. Croyez que je ferai le maximum.

— Merci infiniment.

L'officier se levait déjà, se préparant à accompagner Théodore vers la sortie. Celui-ci ne l'imita pas. De Cointet s'inquiéta :

— Qu'y a-t-il encore ?
— J'ai deux amis pour qui j'aimerais obtenir le même service, dont l'un, apache repenti, a un cahier judiciaire. Ils

---

[1] Ancêtres des fiches S, les carnets B furent l'instrument principal de la surveillance des opposants et des individus pouvant troubler l'ordre public entre 1886 et 1947.

m'apportent une aide très efficace dans l'affaire qui nous occupe.
— J'en ai entendu parler. Émile et Maurice ? La différence pour ces deux-là, c'est qu'ils ne sont pas moribonds. Mais je suis bon prince. Donnez-moi les noms et je ferai tout pour les faire disparaître des tablettes.
Cette fois-ci, Théodore se leva et serra la main du commandant.
— Encore merci. Je vous renverrai l'ascenseur.
Avant de laisser Théodore sur le perron, l'officier du deuxième bureau l'avertit :
— Attention, que ces deux-là se tiennent à carreau ! Le passé sera certes effacé, mais qu'ils ne comptent sur aucune protection à l'avenir.
Théodore sourit. Pourvu que Clemenceau ne fasse pas de difficulté.

* * *

C'est sur le retour, en longeant la gare de l'Ouest, qu'il s'insulta copieusement, inquiétant les piétons et outrageant les dames sous leurs ombrelles. Quel imbécile ! N'importe quel aspirant y aurait pensé ! Il entra dans la première brasserie qu'il trouva sur la route.
— Téléphone.
— Au fond à droite. C'est pour Paris ?
— Mairie de Firminy, dans la Loire.
— Je vous la passe. Patientez dans la cabine.

— Allo ? Monsieur le maire ?
— C'est bien moi, à qui ai-je l'honneur ?
— Inspecteur Théodore Méry de la préfecture de police de Paris.
— Bonjour inspecteur. C'est à quel propos ?
— Il s'agit d'une demande personnelle, aucunement en rapport avec mes fonctions. J'ai croisé pendant la guerre un lieutenant nommé d'Aunaie, Alban de son prénom. Blessé

en 1917, j'ai été rapatrié et j'ai perdu sa trace. Je me souviens qu'il me disait être né à Firminy en 1899.
— J'ai effectivement rencontré votre homme. Un bien brave garçon, bien qu'il fût fort secret et souvent solitaire.
— Est-il repassé par votre commune depuis la fin du conflit ?
— Pas à ma connaissance, malheureusement, mais vous pouvez tenter de vous adresser à sa famille qui a déménagé à Saint-Étienne.
— Malheureusement ?
— Le jeune d'Aunaie était le membre le plus adroit de notre société de sarbacane. Un as, croyez-moi. Que ce soit contre une cible ou en action de chasse, nul ne pouvait prétendre le battre au jeu de la souffle[1].
Le sang de Théodore s'échauffa. Faire parler le maire, il devait en savoir davantage.
— Sarbacane ? Évoquez-vous l'arme utilisée par les Amérindiens ?
— Absolument ! Nous nous adonnons à ce jeu depuis des dizaines d'années. Son usage est plus ancien encore à Saint-Étienne. On raconte qu'elle y était pratiquée déjà avant les années 1800.
— Vous me semblez bien éclairé sur la question !
— C'est que je suis le président de la première société de sarbacane de Firminy. Dites ! Quand vous le retrouverez, pouvez-vous lui demander de passer nous faire une petite visite ? Nous organiserons un beau tournoi en son honneur.
— Avec grand plaisir, monsieur le maire. Je n'y manquerai pas.

Théodore raccrocha le combiné et resta songeur plusieurs minutes dans la cabine, au point de ne pas voir l'homme qui patientait pour prendre sa place.

---

[1] Nom donné à la pratique de la sarbacane dans la région stéphanoise à la fin du XIXe siècle.

— Pas trop tôt, lui dit celui-ci avec agacement quand il en sortit enfin.
Le policier s'avança au comptoir pour payer sa communication.
— Ajoutez un calva.
Il lui fallait bien ce remontant pour récupérer de son ahurissement. Un champion de sarbacane. S'il s'attendait ! Théodore se reprocha une fois encore de n'avoir pas passé cet appel après avoir lu le fichier militaire du capitaine. Quel temps perdu ! Non, pas perdu. Les autres indices étaient au moins aussi importants. Le dossier s'étoffait, mais ce faisceau de présomptions ne valait pas preuve. Alban d'Aunaie était suffisamment retors pour s'en tirer.

Tout excité par cette découverte, le policier monta quatre à quatre les marches menant à son appartement. Une lettre l'y attendait.

Théodore,
Comment dois-je interpréter ta réponse ? J'avoue ma perplexité. D'un côté, deux mots c'est très peu et, si je devais mesurer l'ampleur de ton désir de me revoir au nombre de caractères, il me faudrait alors y comprendre que tu ne le souhaites pas vraiment. De l'autre, il y a ce « Ma » qui m'incite à penser le contraire. J'hésite...
Allez ! Va pour cette seconde option. Il ne sera pas dit que je me serai esquivée une fois encore.
Je t'attendrai donc.
Ta Domitilde.

Décidément, cette journée se terminait mieux qu'elle n'avait commencé. L'horizon venait de s'éclaircir. Le brouillard se levait enfin. Un mirage ?

18

Théodore n'avait passé meilleure nuit depuis bien longtemps. Aucun cauchemar pour empoisonner son sommeil. Et pour compléter ce tableau déjà si clair, le soleil de ce dimanche matin, venu pour y ajouter une touche de brillant. Le concierge n'avait jamais entendu l'inspecteur siffler avec autant d'enjouement.
— Eh bien, m'sieur Méry, on peut dire que vous tenez la forme aujourd'hui.
— C'est dimanche, le ciel est bleu et...
— Allez ! Pour siffloter ainsi comme un merle, y'a pas cinquante solutions. La belle doit être bien gracieuse.
La belle en question n'était pas celle à laquelle pensait le gardien, loin de là.

À peine eut-il ouvert la porte du garage, quai de Javel, qu'il s'exclama de stupéfaction :
— Ne me dis pas que c'est ma motocyclette !
— Y'en n'a pas d'autre ici, pourtant.
L'homme qui venait de lui répondre n'était autre que le soldat Alphonse Saratxaga, la sentinelle du parc automobile de l'armée. Basque, mais surtout mécanicien. Théodore lui avait confié l'adaptation de *l'Indian Powerplus* à son handicap. Il ne s'était pas contenté de cela.
— Les commandes manuelles ont été positionnées du bon côté. Elle est prête à rouler.
— Mais, la couleur...

— J'ai pensé que, le kaki militaire n'étant plus à la mode, un beau rouge basque, qu'on nomme chez nous « baigorry », lui irait à la perfection. Et puis quelques chromes pour en faire un bijou.
— Je n'en reviens pas !
— Et c'est pas tout. Quelques petites transformations du moteur et des transmissions lui donnent maintenant un ou deux chevaux de plus. Croyez-moi, elle filera comme le vent. Et une seconde selle pour un passager... ou une passagère.
— Mais, Alphonse, je ne vous avais pas commandé tout cela. Ça va me coûter cher ?
— Cadeau ! Tenons-nous-en à notre accord. Je me suis tellement amusé. La seule chose que vous pourriez faire pour moi n'est pas d'or ou d'argent. Vous qui semblez approcher les hautes sphères, vous pourriez leur dire deux mots pour hâter mon retour à la maison. Si vous saviez comme il me tarde de regagner mon cher Pays Basque et de remettre les mains dans le cambouis de notre garage automobile. Allez ! Faut l'essayer maintenant !

Quelle pétarade ! Des frissons montaient dans le dos du policier, sans qu'il puisse les arrêter. La liberté, enfin ! Ce sentiment, il le ressentait déjà sur sa bicyclette, mais sur cet engin, sûr qu'il serait décuplé.

Le démarrage du moteur de cette *Indian* n'était pas si simple et Théodore dut noter les phases expliquées patiemment par Alphonse pour être certain de pouvoir reproduire l'opération. Débrayage, enclenchement de la première vitesse et embrayage progressif. La machine s'ébranla. Théodore, d'abord tendu, prit rapidement confiance. Le quai de Javel était pratiquement désert, il passa la seconde. Le compteur kilométrique afficha bientôt 25 mph[1].

Le mécanicien arrêta le motocycliste, énorme sourire aux lèvres, alors qu'il revenait devant le garage.

---

[1] 25 miles per hour. Environ 40 kilomètres par heure.

— Faites gaffe tout de même. Ça peut monter à plus de cent et y'a pas d'frein avant. Quant à celui de l'arrière, c'est plutôt un ralentisseur, même si j'ai installé un tambour plus large.

Théodore repartit de plus belle, multipliant les allers-retours. Il se permit même une petite pointe à 40 mph. Le vent sur son visage le grisait. Il descendit enfin du cheval mécanique.

— Comment puis-je vous remercier ?
— Je suis déjà comblé de vous voir manier cette motocyclette malgré votre...
— Handicap ! N'hésitez pas. La prochaine fois que vous rencontrerez un abîmé, ne le regardez pas avec pitié, pensez à moi. Pour le reste, je tâcherai d'obtenir votre démobilisation au plus vite.
— Merci. Et si l'envie vous prenait un jour de traverser la France, il n'y a qu'un seul garage automobile à Ustaritz : rue Hiribehere, à côté de l'église.

* * *

Tout Belleville entendit sans doute le tintamarre, bien avant d'en connaître l'origine : un motocycle chevauché par un pilote aux lunettes d'aviateur. Il stoppa devant la bicoque de l'apache qui, suivi par Émile, en sortit aussitôt. Les deux hommes stupéfaits durent se frayer un chemin dans la foule de gamins qui entouraient déjà le monstre encore fumant.

— La vache ! s'exclama Émile. C'est ça, une *Indian* ? Y'a pas à dire, ces Amerloques y sont drôlement balèzes.
— Salut les amis, se contenta de répondre le policier. Que pensez-vous de mon acquisition ?
— Un engin d'mort. Et t'as un permis pour piloter un truc pareil ?
— Pas encore. Simple formalité que j'obtiendrai la semaine prochaine.

Maurice réagit bizarrement après avoir éloigné les enfants les plus intrépides qui tentaient de se jucher sur la selle.

— J'irai pas à ton enterrement.
— Moi non plus, rétorqua le policier en éclatant de rire.
Ne prends pas cet air, l'apache, je n'ai pas l'intention de quitter la vie alors qu'elle m'offre une occasion de me refaire.
— Allons fêter ça à Ménilmuche[1], trancha Émile. Tu vas bien payer ton coup ? Et puis faut qu'on discute de ton affaire. Y'a du nouveau.
— Attendons Pierre à qui j'ai envoyé un petit commissionnaire. Il ne devrait pas tarder. Tiens, le voilà !

On eut dit que la terrasse de la brasserie de la rue Ménilmontant les espérait. Quatre chaises à l'ombre, une serveuse avenante et déjà les bocks furent levés.

— À la santé de l'animal mécanique, lança le chiffonnier, et en souvenir de mes camarades morts en 1871 dans ce quartier, bastion de la Commune.

Cet hommage ne parvint pas à altérer l'humeur bon enfant qui régnait. Les plaisanteries visant Théodore et sa motocyclette fusaient :

— Ah ça, pour embobiner la loute[2], y'a pas beaucoup mieux, mais attention à ne pas la perdre en roulant.

À la deuxième tournée, Théodore remit tout le monde au pas :
— Vous avez fini ? Puis-je demander un peu de sérieux maintenant ?

Les mines faussement contrites des trois autres convives ne l'empêchèrent pas de poursuivre :
— Avant d'en venir au fameux calepin, sachez que j'en ai appris une bien bonne hier. Imaginez-vous que notre capitaine fut, avant-guerre, un champion de sarbacane. Par acquit de conscience, j'ai téléphoné au maire de Firminy, sa ville de naissance, qui m'a dévoilé la chose.

— Et il t'a dit ça comme ça ? intervint Pierre.

---

[1] Surnom populaire de Ménilmontant.
[2] Jeune femme en argot.

— Un pieux mensonge l'a aidé. Encore un bel indice dans notre escarcelle. Mais toujours pas de preuve. À toi, Émile.

Le traducteur prit tout son temps pour sortir le carnet et quelques feuilles de papier de sa poche. Il termina son verre de bière avant de commencer :
— Je ne comprends pas comment un espion peut ainsi laisser autant de renseignements à la vue de tous. Même pas cryptés. J'ai pu lire, et décoder sans difficulté, l'intégralité du calepin. Et ce que j'y ai appris dépasse l'entendement.

L'auditoire attendait et piaffait d'impatience. C'est qu'il s'y connaissait en effets pour le tenir en haleine, Émile. Il déplia les feuilles et enchaîna :
— Premièrement, ces notes confirment que l'Allemand Klaus Meine était un espion. Basé à partir de 1915 à Madrid, et sous couvert d'un poste de secrétaire à l'ambassade d'Allemagne, il agissait comme agent de liaison entre les traîtres et les services de renseignement allemands. Cet officier fut ainsi amené à approcher Mata Hari et Marthe Richard. Ces rencontres n'eurent aucune suite, Klaus Meine jugeant ces deux femmes mythomanes. Peut-être se trompait-il. Quoi qu'il en soit, c'est en 1916 qu'il entra en contact avec celui qu'il nomme Lycos sans jamais dévoiler sa véritable identité. Le même Lycos qu'il a cru mort au dernier rendez-vous.

— Donne-moi ça ! ordonna Théodore en s'emparant des fiches.

Se plongeant dans le journal de l'Allemand, il ouvrit le rideau, entrevit un morceau de l'envers du décor. La guerre souterraine.

Ce Lycos était un agent double. Sous couvert d'espionnage, il vendait des secrets à l'ennemi. Agent double ? Non, traître uniquement. Klaus Meine ne lui donnait que les informations nécessaires à se couvrir vis-à-vis des services français. Très certainement des renseignements défraîchis.

En revanche, Lycos fournissait des dossiers précis et qui semblaient intéresser fortement l'Allemand.

15 février 1917
Les plans du général Nivelle pour 50 000 francs or ! Je n'y crois pas. Une offensive visant la rupture du front près de Laon. Le 15 ou 16 avril prochain. En contrepartie, je n'ai eu qu'à lui donner le nom d'un port censé accueillir nos sous-marins en Espagne. Un port imaginaire.

20 avril 1917
Grâce aux renseignements de ce Lycos, notre armée a pu réorganiser la défense en se retirant à partir du 15 mars, remettant en cause le plan initial de nos ennemis.

16 avril ! Le chemin des Dames. C'est là que j'ai perdu mon bras. Salaud !

Pâle, l'inspecteur releva la tête.

— Charogne ! explosa-t-il. Il ne va pas s'en tirer comme ça. Il me le faut, à tout prix. Même si je dois y laisser ma peau. Cet infâme traître a envoyé des milliers d'hommes au cassepipe. Et je lui dois peut-être ce morceau de ferraille en guise de main.

Silence pesant.

Pierre n'osa le rompre qu'après plusieurs minutes :

— Voyons Théodore, tu ne devrais pas en faire une affaire personnelle. Tu es avant tout policier. Les indices collectés ne conduisent qu'à des présomptions. Ce Lycos est-il le capitaine d'Aunaie ? Peut-être, sûrement même. Mais sans preuve tangible, il ne t'est pas possible de le présenter devant des juges. D'autant plus que nous...

— Policier ? Je ne le suis plus depuis que les autorités ont tenté de soustraire ce militaire félon à la justice en étouffant le meurtre de Klaus Meine. Policier ? À quoi bon si c'est pour que cet assassin continue de profiter des bénéfices de ses trahisons ? Oui, j'en fais une affaire personnelle. Et je conteste à quiconque le droit de me faire juge et peut-être bourreau.

— Je te comprends évidemment, mais...

Théodore ne laissa pas terminer son jeune adjoint. Sortant son portefeuille, il l'interrompit :

— Pierre, voici la plaque du policier que je ne suis plus. Tu la remettras au commissaire Vandamme qui doit encore avoir ma lettre de démission dans le tiroir de son bureau.

Il se leva, puis, s'adressant aux trois hommes devant lui, il conclut :

— Mes amis, vous me voyez désolé de vous offrir une face de ma personnalité que moi-même j'ignorais. Cette affaire est désormais mon affaire. Je ne peux vous impliquer davantage, au risque de vous compromettre. Il est possible en effet que j'utilise des moyens dépassant encore plus le cadre de la loi pour aboutir. Je vous le répète : il me le faut, mort ou vif.

Émile tenta de le raisonner :

— Allons, Théodore, tu ne peux pas...

Sans y parvenir.

— Ma décision est prise, camarades. Je ne saurais jamais vous remercier suffisamment de votre soutien et de votre aide. Nous nous reverrons, si la Providence n'y fait pas obstacle.

L'*Indian Powerplus* pétarada avant qu'ils n'aient pu réagir.

* * *

Combien de kilomètres parcourut-il ? Pas de frein ? Quelle importance ! La vitesse, seul antidote à sa colère.

C'est aux abords de Rambouillet que le moteur de l'engin mécanique se montra récalcitrant, jusqu'à refuser d'avancer plus loin.

— Merde ! L'essence, se dit-il. Me voilà dans un beau pétrin.

Laissant sa motocyclette à l'abri d'un bosquet, Théodore se résolut à trouver de l'aide dans une ferme avoisinante. Le courroux s'était volatilisé. Tout en marchant, alors que la nuit menaçait de tomber, il réfléchit. Une seule solution dans son esprit : des aveux. Il devait obtenir les aveux de ce capitaine. Comment ? Croisant un paysan menant sa charrette, il lui expliqua être en panne. Celui-ci, loin de lui refuser assistance, lui proposa immédiatement de le ramener dans les faubourgs de Rambouillet, là où il pourrait trouver du carburant. Tout en montant aux côtés de son bienfaiteur, le policier le remercia chaudement.

— Pas la peine, répondit l'homme. Je vois bien que vous l'avez faite. J'y ai perdu mes deux fils, savez-vous ? Ça crée des liens.

— Mais votre femme ne va-t-elle pas s'inquiéter ?

— Elle a rejoint ses enfants il y a six mois. Le chagrin. Je vis seul et ça me fait une petite distraction de pouvoir causer avec un inconnu.

Charger les deux cents kilos de la motocyclette à l'arrière de la charrette ne fut pas une mince affaire. Cette machine fit l'objet de la conversation jusqu'à un bistrot à l'entrée de la ville. Ils s'y arrêtèrent et commandèrent de quoi étancher leur soif. Le patron avait dans son garage une Peugeot type 69 d'avant-guerre. Il donna quelques litres d'essence qui remplirent le petit réservoir de l'*Indian* et fit le complément d'huile. À Théodore qui voulait absolument le payer, il répondit :

— J'aurai proposé cinq francs rien que pour voir cet engin. L'homme qui vous l'a préparée ainsi est un artiste.

C'est vers trois heures du matin, fourbu, qu'il retrouva son appartement, rue du Moulin de la Vierge. Le trajet en pleine nuit n'avait pas été une sinécure, le faible éclairage du phare à acétylène ne lui ayant pas permis de dépasser les 20 mph. Ça lui servirait de leçon !

Un enfant dormait dans son lit ! Il le secoua.

— J'ai rien volé, m'sieur, réagit-il en se levant brutalement. C'est Maurice qui m'a envoyé. Attends-le jusqu'à son retour, qu'il m'a dit. Et s'il tarde trop, joue de la serrure et entre, qu'on ne te surprenne pas sur le palier.

Théodore avait reconnu l'un des mômes de l'apache. Malgré la fatigue, il sourit.

— Et qu'est-ce qu'il me veut, Maurice ?
— Je dois vous ramener à Belleville.
— Rendors-toi, on ira demain matin.
— Tout de suite, c'est urgent.

Urgent ? Que s'était-il passé ?

Les sommeilleux, qui avaient été réveillés pas les pétarades de la motocyclette alors que Théodore rentrait, en furent pour leurs frais. Le policier et l'enfant bien accroché leur offrirent un nouveau concert de pots d'échappement.

* * *

— Qu'est-ce qui t'a pris, bon sang ?

L'apache semblait furieux, Émile, pas moins :

— Tu nous as foutu une sacrée trouille ! T'es parti à la vitesse de l'éclair sur cet engin de mort. Tu t'rends compte, nous planter là, babas comme deux ronds de flan[1] !

— Je suis fatigué, se contenta de répondre le motocycliste.

— Et pis quoi encore ? Faudra bien qu't'entendes c'qu'on a à dire avant !

Pas moyen d'y échapper. Après tout, ses amis avaient raison. Ils n'avaient pas ménagé leurs efforts jusque-là, et voilà qu'il les mettait de côté, sans explication. Émile poursuivit tandis que Théodore s'asseyait sur une caisse de cinq étoiles[2].

— T'as pas l'choix ! On a commencé ensemble, on finira l'boulot ensemble. Nous qui pensions être tes poteaux, quelle déception ! Depuis quand un ami en laisse-t-il tomber

---

[1] Stupéfaits.
[2] Bouteilles de vin de table, ou de piquette, gravées d'étoiles.

un autre quand il est dans la panade ? On en a parlé avec l'apache : pas question de t'abandonner au milieu du gué. On va l'avoir, ton capitaine. Et en beauté, crois-moi. Tu sais qu't'as fait peur au p'tit gars ? Il t'a jamais vu comme ça. On l'a renvoyé dans ses pénates, mais faudra t'faire pardonner.

Théodore avait délaissé Pierre ces temps-ci. Souhaitait-il protéger son prometteur jeune adjoint ? Sans doute. Il se sentait de moins en moins dans le rang et, donc, presque illégitime dans la mission d'éducation policière d'un inspecteur en devenir. Il aurait à lui parler, certes, à lui expliquer que son avenir à la préfecture ne passait pas par lui. Saurait-il le comprendre et surtout, l'accepter ? S'efforcer de se faire pardonner, comme l'avait recommandé Émile.

Ses deux amis attendaient une réponse, elle vint après une brève réflexion :
— Soit ! Mais à vos risques et périls.
— Alors on peut aller s'coucher tranquille. Demain, plan de bataille.

* * *

Théodore fut surpris par la nuit paisible qu'il avait passée. Il avait déjà connu cette espèce d'état de grâce, la veille d'une offensive. Le destin avait tranché, plus de question à se poser, plus de tergiversation. À l'assaut !
Il trouva ses deux acolytes discutant autour d'un café.
— Du café ? Est-ce un matin si spécial pour ne pas la commencer par un gorgeon de rouge ?
Émile lui en tendit un bol.
— Du jus de chaussette, plutôt. C'est que l'état-major se doit d'être au mieux de sa forme, dit-il. Mais crois-moi, le jour de la victoire, faudra m'attacher pour m'empêcher d'arroser ça sans restriction.

— Victoire ? C'est ce qu'on verra. Rien n'est joué. Notre objectif est d'avoir des aveux. Sans ça, c'est lui qui aura gagné.
— Nous y avons réfléchi, avec Maurice. La première chose à faire est bien de définir notre mission. Jusqu'où devons-nous aller ? Hier, tu parlais d'être juge et bourreau. Nous ne te suivons pas sur ce point. Enquêter, oui. Réunir suffisamment de preuves, évidemment. Mais exécuteur de haute justice, certainement pas. Il faut laisser cette sale besogne aux autorités compétentes. Amenons-le sur un plateau avec sa confession, de manière qu'elles ne puissent étouffer l'affaire.
— Il a fait tant de mal ! Lui-même s'est attribué ces rôles. Pourquoi pas nous ?
— Parce que nous ne sommes et ne serons jamais des assassins. C'est bien ce qui nous différencie de cette engeance.

Bien sûr. Théodore partageait évidemment cet avis, même si un accès de fureur lui avait fait dire le contraire la veille. Ne portait-il pas d'arme de peur d'avoir à s'en servir ? Il décréta le début de la conférence :
— Alors, organisons-nous pour provoquer l'accouchement de tous ses crimes. Le commandant de Cointet saura quoi en faire.
Finalement, la machination n'avait pas été si compliquée à monter. Deux heures après les premières ébauches, le tableau était complet.
— Ça ne peut pas rater, conclut Théodore.
L'apache était un peu moins optimiste, pour ne pas dire pessimiste :
— Pour les aveux, c'est sûr. Par contre, je parie à cinquante sur cent que tu n'en sortiras pas vivant.
— Bah ! C'est bien plus que les chances de survie des biffins à l'assaut d'une tranchée ennemie. Et au moins, je ne serai pas tué par une balle anonyme.
— Si tu le dis…

La première étape de ce plan consistait à attirer le gibier dans le guet-apens. Théodore se chargea de l'appât qui devait être porté aussitôt à son destinataire par un des gamins de Maurice.

Lycos (puisque c'est par ce pseudonyme que je vous connais désormais),
je vous invite à me rejoindre demain mardi 17 juin à 23 heures. Le lieu de cet entretien ne vous sera pas étranger, puisqu'il s'agit du banc du parc Montsouris sur lequel vous avez laissé le cadavre de votre première victime.
Je n'ai aucun doute sur le fait que vous ferez le nécessaire pour honorer ce rendez-vous.
Théodore Méry (pourquoi devrais-je rester anonyme ?)

19

— Inspecteur Méry. Encore vous ?

Après avoir envoyé la convocation au capitaine Alban d'Aunaie, Théodore s'était rendu au siège du deuxième bureau, phase suivante du plan de bataille.

— Bonjour commandant. Il le faut bien, en effet, puisque le dénouement approche et que j'aurai besoin de votre concours.

— Mon concours ?

— Un aide bien modique, je vous rassure, et pourtant indispensable.

— Tout cela est bien mystérieux. Pouvez-vous m'en dire plus ?

— Je suis au regret de vous tenir dans l'ignorance jusqu'à l'instant crucial. Il y va de la sécurité de notre action.

— Comme il vous plaira. Et quand doit avoir lieu cette opération ?

— Je vous attends demain soir à 22 heures, au parc Montsouris.

— C'est tout ?

— Pas tout à fait. J'ai là une liste de matériels dont j'ai besoin.

Le commandant examina rapidement le feuillet que Théodore venait de lui tendre. Il réagit :

— Ah, quand même ! Et pour quand vous faut-il tout cela ?

— Maintenant.

— Prêtez-moi une petite heure. Je vous avoue que je ne m'explique pas les raisons qui me poussent à me soumettre à vos volontés ainsi.

Après avoir donné ses ordres, l'officier reprit :
— Dites-moi, Méry, j'ai appris que vous aviez rendu votre plaque d'inspecteur. Est-ce la vérité ?
— Les nouvelles vont vite, à ce que je vois.
— Que voulez-vous ? Il faut bien que le service de renseignement soit renseigné. Alors ? Cette plaque ?
— Vous pourrez féliciter votre informateur.
— Dois-je conclure que vous quittez définitivement la préfecture de police ?
— Quoi d'autre ? Une démission est une démission.
— Et quels sont vos projets ?
— Tout d'abord, mettre un point final à cette affaire. Pour la suite, je verrai bien ce que la Providence me donnera pour orientation. Ce qui est certain, c'est que mon avenir n'est plus dans cette administration.
— Quand votre esprit sera disponible à nouveau, je vous prie de penser à moi. J'aurai sans nul doute quelque chose pour vous.

Théodore ne répondit pas. Les services secrets, encore une belle foire à la magouille ! Le commandant ouvrit son tiroir, en sortit un dossier qu'il tendit à son interlocuteur.
— Vous ne pourrez pas dire que je n'ai pas tenu mes engagements. Voici les fiches de votre père et de vos amis. Cela m'a coûté quelques bouteilles de cognac.
— Le président du Conseil boit du cognac ?
— J'ai préféré utiliser quelques-unes de mes relations dans les services concernés. C'est mieux ainsi pour vous comme pour moi.
— Merci pour eux.

***

— Papa ?

Théodore avait fait le détour par l'hôpital de la Charité avant de regagner Belleville, nouveau quartier général. Kléber n'ouvrit pas les yeux. Il respirait péniblement.
— Papa ?
— Il ne vous répondra pas.
La cornette, qui venait d'entrer, tenait un crucifix dans les mains.
— Votre père est dans la phase terminale de son tourment. Bientôt une journée qu'il ne s'est pas réveillé. Il sombre tout doucement sans souffrir, apparemment.
Elle suspendit la croix à la tête du lit du mourant.
— Ça ne lui ferait pas plaisir, murmura Théodore.
— Je le sais bien, mais c'est ma manière à moi de lui donner une petite chance de rejoindre le paradis. Je prie chaque soir pour lui, car, malgré ses airs revêches et grincheux, votre papa est un homme bon et généreux.
— Combien de temps ?
— Le médecin certifie qu'il ne passera pas la nuit. Revenez demain pour veiller sa dépouille et organiser son inhumat... pardon, la crémation de son enveloppe de chair.
— Je vais rester encore un peu. Quelques mots à lui dire avant que... Merci de votre sollicitude. Merci de votre dévouement à son égard. Finalement, vous n'êtes pas si différente de lui. Invariablement au service des déshérités et des sans-chance.
Elle sourit.

— Papa. J'ai une petite requête à formuler. Tu verras, ce n'est pas grand-chose. Il se trouve que demain soir, vers onze heures, je quitterai peut-être ce monde. Cette affaire dont la conclusion présente quelques dangers. C'est pourquoi, s'il te plaît, attends encore une journée avant de partir. Si je meurs, j'aimerais tant faire le chemin avec toi, main dans la main. Passé minuit, si tu ne m'as pas vu, c'est que leur Dieu ne veut toujours pas de moi. Tu pourras alors t'en aller.
M'a-t-il seulement entendu ? Rien, pas même un rictus.

Au petit matin, la cornette le trouva endormi sur la chaise, la main dans celle de son père. Elle le réveilla doucement :
— Il vous a compris et vous attendra, n'en doutez pas. Partez maintenant, et faites ce que vous avez à faire. Si je ne vous revois pas demain, je saurai que vous êtes avec lui.
— Merci ma sœur.
— Puis-je cependant vous suggérer la prudence dans l'affaire qui vous occupe ? Il est assez grand pour faire la route seul.

Ainsi elle avait écouté aux portes !

* * *

— T'étais où encore ? Décidément, en c'moment, t'es pire qu'un feu follet ! Jamais là où on t'attend. T'as l'matos au moins ?
— Pardon l'Émile, je veillais sur quelqu'un qui m'est cher et qui va bientôt partir.
— Je sais. Sœur Marie-Thérèse m'a à la bonne. Elle m'a fait prévenir que tu passais la nuit au chevet de ton paternel.
— Hein ?
— Mais que crois-tu ? Kléber est un compagnon de lutte. Je te l'ai confié dès notre première rencontre, un frère. Normal que je m'tienne au jus. Mais revenons-en à notre plan. Le gosse que Maurice a envoyé a bien remis ton billet en main propre à notre homme. Il a demandé s'il y avait une réponse. L'autre lui a dit qu'il honorerait ce rendez-vous. Et toi ?
— Pas de problème de mon côté. Le commandant de Cointet viendra à 22 heures, ainsi que nous l'avons convenu. Comme tu le vois, j'ai bien le matériel. On attaque à huit heures. D'ici là, je retourne rue du Moulin de la Vierge. Quelques dispositions à prendre au cas où...
— T'es con ou quoi ?
— Réaliste, simplement. L'apache a raison, c'est une chance sur deux. Alors, il faut bien que je m'occupe de ma

succession. À ce propos, va chercher Maurice, j'ai quelque chose pour vous.

Les deux compagnons n'en revenaient pas de ce qu'ils venaient de lire. Fiche du carnet B pour l'un, extrait de casier judiciaire pour l'autre. Ce fut Maurice qui réagit le premier :
— Si je m'attendais ! Mon curriculum vitae ! Et tu dis que tout ça a été viré des dossiers de la criminelle ?
— Tu es désormais blanc comme neige, répondit Théodore. Tel que l'enfant qui vient de naître.
Émile pleurait, sans pouvoir articuler le moindre mot. Théodore le réconforta :
— Eh bien mon vieil Émile, peut-être devrais-je dire Maître Émile Jacob, avocat. Alors là, je dois t'avouer que j'en suis tombé de ma chaise ! Toi, avocat, et juif de surcroît ! J'aurais voulu voir ça, ou plutôt t'entendre plaider. Avais-tu déjà cette langue des rues que tu te plais tant à utiliser ?
— C'est de l'histoire très ancienne, tu sais, quelques années de jeunesse, tout au plus. Moi-même, je n'me souviens plus de tout. Une autre vie. Peut-être te la raconterai-je un jour. Quant à ma judéité, je n'vois pas c'que ça vient foutre là-dedans. Comme si c'était une circonstance aggravante ! Comme si être né de parents juifs te prédestinait à...
— Holà, Maître Jacob, cesse ton réquisitoire et prends cette fiche, celle de Kléber Duchamp. Je te la confie jusqu'à demain. Si je ne m'en sors pas, détruis-la. Sinon, tu me la rendras afin que je la remette à qui de droit.

Théodore les quitta avant que l'émotion ne le submergeât.

* * *

Huit heures.
Les trois hommes arrivèrent séparément au parc Montsouris pour ne pas se faire repérer. Bien avant l'entrée, chacun d'eux avait remarqué les gamins qui en surveillaient

les accès depuis la matinée. Ces mômes, placés aux endroits névralgiques par l'apache, faisaient le gué, prévenant une tentative éventuelle de piège que ce Lycos aurait pu vouloir tendre.
Rien à signaler.

Théodore, Maurice et Émile se mirent à l'œuvre, avec la complicité du concierge du parc qui leur avait proposé de profiter de sa cahute, à une centaine de mètres du banc. La discrétion était de rigueur. Il ne fallait en aucun cas qu'un passant alertât la police en voyant une activité suspecte.

Dix heures.
La nuit venait de tomber. Une nuit sans lune. Un individu s'approcha, signalé par les hululements des enfants du guet. Un des gosses sortit de sa cachette :
— Commandant de Cointet ?
— Oui.
— Suivez-moi.
Il l'amena devant le cabanon et frappa trois coups. La porte s'ouvrit et Théodore apparut.
— Entrez vite, de Cointet.
L'officier fut éberlué de voir une partie du matériel prêté à Théodore. Celui-ci expliqua :
— Un centre d'écoutes. Voulez-vous l'essayer ? Placez ce casque sur vos oreilles.

Quelques secondes passèrent avant qu'il n'entendît une voix grésiller et fredonner :
— Quand nous chanterons le temps des cerises…
— Mais…
— C'est notre ami Émile qui nous interprète une petite comptine depuis le banc se trouvant devant nous. Le fameux banc sur lequel a été retrouvé celui que nous avions nommé l'inconnu du parc Montsouris. Ce même banc qui accueillera mon invité d'ici trois quarts d'heure. Voici du papier et un crayon. Tout ce que vous aurez à faire, ça sera d'écouter et de noter.

— C'est tout ?
— Il est possible qu'à un moment donné, vous soyez obligé d'intervenir. Êtes-vous armé ?
— Comme vous me l'aviez préconisé.
— Alors, attendons mon hôte. Je ne vous propose pas à boire. Nous devons tous rester lucides.

Dix heures quarante-cinq.
Il ne devrait plus tarder maintenant. Théodore examina le pourtour du banc une fois encore. Aucun indice ne doit inquiéter Lycos.

Onze heures.
Alerte des petites chouettes. Il arrive. Ne transpire pas. Un peu de sang-froid, nom de nom !
— Cher Inspecteur Méry, comme on se retrouve !
— Cher ? Je ne vous renvoie pas le compliment. Quant à ce titre d'inspecteur, il n'est plus d'actualité. Ainsi, vous êtes Lycos !
— Lycos est mort il y a neuf mois.
— C'est vrai, j'avais oublié. Dans une abbaye en ruine au centre de l'Espagne, je crois. Prenez place.

Si un observateur extérieur avait pu la suivre de loin, la conversation aurait pu sembler tout à fait courtoise. C'était pourtant bien tout le contraire. En se rapprochant, il aurait ressenti la pression qui montait au fil des paroles échangées.

Lycos s'assit, les deux protagonistes étaient installés de chaque côté du banc, laissant entre eux un espace neutre. Le nouvel arrivant lança l'offensive, toujours avec un ton affable, mais qui n'avait rien d'aimable :

— Je dois vous avouer que votre invitation m'a grandement surpris. J'ai fait ma petite enquête ce matin. On dit que vous ne portez jamais de pistolet ou de revolver. Est-ce le cas aujourd'hui ?
— Pourquoi cette question ? Aurais-je dû changer cette habitude ?

— Certainement, les cartes seraient mieux distribuées si vous étiez armé. Je suis stupéfait du fait que vous me conviez à cette partie en sachant pertinemment que vous n'avez aucun atout.

Théodore ouvrit et montra le contenu du dossier qu'il tenait près de lui.

— Quelle prétention ! J'ai accumulé depuis le début de mon enquête tout un tas d'indices prouvant votre culpabilité dans l'assassinat des officiers membres de la délégation allemande. Un tribunal pourrait bien y trouver suffisamment d'éléments pour vous envoyer au rasoir national[1].

— Je ne comprends pas bien ce que je fais ici dans ce cas. Pourquoi ne pas transmettre tout cela à un juge ? Ah oui, bien sûr ! Dans mon cas, la justice ordinaire n'est pas compétente. Il faudrait vous adresser aux autorités militaires, et ça, c'est une autre paire de manches, surtout en ces temps d'après-guerre. Et puis, des indices, des présomptions, j'ai bien peur que cela ne soit pas suffisant.

Théodore feignit la naïveté :

— C'est bien cela. Pour clore ce dossier, il me manque une preuve. Et quelle meilleure preuve que vos aveux !

— Seriez-vous si candide ? Ou pire, insensé ? La seule chose que vous allez recueillir ici, c'est un allez simple pour le paradis ou l'enfer !

La voix de Lycos avait quelque peu déraillé, montrant derrière son arrogance, une nervosité croissante. Théodore ne se démonta pas et expliqua calmement :

— Peut-être un peu des deux ! Quant au voyage que vous me proposez, je n'en suis pas effrayé. Contrairement à vous, j'ai vu, autour de moi, tant de camarades se faire tuer pendant cette boucherie que je me suis habitué à l'idée que la faucheuse viendra un jour me chercher.

— On dit ça...

— Il est même possible que je l'espère. Je dois vous dire que mon père traîne en ce moment ses dernières heures en

---

[1] Surnom de la guillotine.

attendant le grand passage. Il ne me serait pas si désagréable de le rejoindre et de faire la route avec lui.

Le commandant de Cointet, depuis son poste d'écoute, n'en revenait pas. Il interrogea Émile :
— Mais qu'est-ce que cela signifie ?
— Chut ! Vous comprendrez bientôt, restez attentif. Et surtout, silencieux.

Sur le banc, la conversation se prolongeait :
— Oh, je vois. Un suicide ?
— Pas du tout. Vous avez l'air de penser que vous pourrez m'assassiner comme les autres. Peut-être même réfléchissez-vous en ce moment à la meilleure manière d'opérer. Mais cessons là ce bavardage inutile. Si j'ai souhaité vous rencontrer, c'est bien pour recevoir des aveux et quelques explications. Je reconnais que je suis curieux de nature. Après cela, vous ferez ce que vous avez à faire, et moi également. Êtes-vous donc si pressé ?
— J'ai toute la nuit. D'autant plus que la température de cette mi-juin est clémente et que, malgré le différend qui nous oppose, votre opiniâtreté et votre honnêteté me touchent. Peut-être aurions-nous pu être amis en d'autres circonstances.
— Je ne crois pas, non. Je vous propose de procéder à l'interrogatoire.
— Je vous écoute.
La tension avait baissé d'un cran.

— Je passe, si vous le voulez bien, les questions d'identité. Avez-vous assassiné Klaus Meine ?
— On peut dire que vous ne vous embarrassez pas de préliminaires ! Ma réponse est oui.
— De quelle manière ?
— Une flèche empoisonnée au curare soufflée avec cette sarbacane.

Il sortit l'arme de la poche de son veston. Un simple tuyau d'une trentaine de centimètres qu'il s'empressa de montrer avec une certaine fierté.

— Regardez-la bien ! Ce petit tube vous enverra *ad patres* à la fin de notre conversation.

— Ne précipitez pas les choses, voulez-vous ? J'y ai déjà goûté, vous souvenez-vous ? S'il n'y avait eu ce bras artificiel... J'en viens au mobile d'un tel crime. Pourquoi ?

— Faut-il une raison pour tuer un Allemand ?

— Je précise ma question. Nous avons retrouvé sur lui le court message qui l'invitait ici même. Il est de votre main. Un procureur n'aurait aucun mal à démontrer la préméditation. Tuer un Allemand, dites-vous ? Assassiner serait plus conforme en l'occurrence. Quant à la nationalité de la victime, je vous laisse seul juge de la valeur d'une vie selon ses origines. Nous n'avons certainement pas une définition semblable de l'humanité. Je repose ma question : pourquoi ?

— Suis-je obligé de répondre ? Je ne crois pas.

— Alors je vais vous aider. Cet Allemand, vous le connaissiez. Vous le connaissiez même très bien puisqu'il était votre traitant à Madrid pendant deux ans. Vous le rencontriez périodiquement pour lui communiquer des informations secrètes mettant en jeu la sécurité de votre pays, la France...

— C'est faux ! C'est tout à fait l'inverse.

— Pourquoi mentir ? Alors que vous êtes certain que le contenu de notre conversation restera enfoui. Vous êtes intelligent. Quand comprendrez-vous que j'ai eu accès à la source la plus fiable qui soit : le journal intime que tenait Klaus Meine ? Comment aurais-je appris votre pseudonyme ? Si ce n'est en lisant, page à page, ce carnet. Certes, vous rameniez à vos services de prétendus renseignements, soi-disant de première importance, qui s'avéraient en définitive obsolètes. J'appelle cela de la haute trahison. Expliquez-vous, à la fin.

— Pourquoi mentir en effet ? J'avais besoin d'argent, de toujours plus d'argent. Le jeu.

— Vous misez encore, à ce qu'il me semble. D'où tirez-vous les sommes que vous engagez ?
— J'ai souvent été d'un naturel prévoyant. De chaque rétribution que l'Allemand me donnait, je plaçais un pourcentage substantiel. De sorte que je vis actuellement de cette rente.
— Vous voyez, quand vous le voulez ! Éclairez-moi sur cette mise en scène de septembre dernier.
— En juillet 1918, j'ai compris que l'Allemagne perdrait la guerre. L'échec de leur opération en Champagne pour rompre le front allié m'a ouvert les yeux. Il fallait donc que Lycos disparaisse pour enterrer mes activités et me refaire une virginité.
— Ça a presque fonctionné, jusqu'à ce début du mois de juin 1919 où votre correspondant, Klaus Meine, et son collègue dans la délégation allemande vous aperçoivent dans les jardins du château.
— Quelle déveine ! Il n'y avait pas une chance sur un million que cela se produisit. Je n'avais plus le choix : ils m'auraient dénoncé.
— Je ne reviens pas sur vos tentatives pour m'assassiner à mon tour. J'imagine que vous ne pouviez plus bloquer l'engrenage dans lequel vous vous étiez fourré. Une dernière question : Lycos ?
— Lycos en grec signifie le loup. Je trouvais que cela sonnait bien et que ce pseudonyme allait bien avec mon tempérament de loup solitaire.

L'interrogatoire était terminé. Tous deux connaissaient la fin inéluctable de cet entretien. Pourtant, ils restèrent plusieurs minutes sans parler, sans se regarder même, comme si Lycos faisait face à une ultime hésitation. Il finit par reprendre sa sarbacane et insérer dans le tube une petite flèche avec des plumes de couleur.
— C'est le moment, dit-il. Je suis sincèrement désolé.

Mais au moment où il s'apprêtait à mettre l'embout dans la bouche, Théodore hurla :
— L'apache !
Cela arrêta le geste de Lycos les deux ou trois secondes nécessaires pour que Maurice sorte du tas de feuilles et de branches dans lequel il patientait depuis plus d'une demi-heure. Comment avait-il pu tenir ainsi sans un mouvement, sans un bruit ? Il ceintura l'homme, stupéfait, aussi fort qu'il le put. Théodore se leva, comme pour admirer la prise enserrée dans les griffes du piège qu'il avait posé. Un piège à loups ?
— J'avoue que j'ai triché en gardant un atout dans ma manche. Mais c'est de bonne guerre, non ? D'ailleurs, en voici un deuxième.
Le commandant de Cointet arrivait en effet, suivi par Émile.
— Capitaine d'Aunaie ! Ainsi, c'est vous. Je n'aurais jamais imaginé entendre une telle scélératesse de votre bouche.
— Entendre ? réagit Lycos, presque étourdi.
Il suffit à Émile de découvrir l'impressionnant dispositif d'écoutes, reliant le microphone, placé dans les branches d'un platane surplombant le banc, à la cahute du gardien, pour que l'assassin comprît la chausse-trappe dans laquelle il était tombé. Il avait fallu un sacré sang-froid à ce satané policier. Un appareillage dans l'arbre, des câbles enterrés, un homme sous les feuillages. Avait-il été trop sûr de lui ? Indiscutablement. Et maintenant ? Il reprit :
— Commandant ! Vous n'allez pas croire pareille infamie ?
De Cointet avait sorti son revolver qu'il pointait désormais sur le capitaine d'Aunaie.
— Non seulement je la crois, mais je me demande ce qui m'empêche de vous abattre sur le champ. C'est bien parce que j'ai promis à Méry de tout faire pour que vous soyez traduit devant la justice militaire. Vous rejoindrez bientôt votre collègue Mata Hari.

Lycos baissa la tête et sembla rendre les armes, ce qui provoqua un petit relâchement de l'apache qui desserra son étreinte. Il en profita pour bondir sur le côté et reprendre sa sarbacane, visant Théodore.
— Pas avant d'avoir abattu ce Méry ! Je ne suis plus à un crime près, cria-t-il.
Théodore se précipita vers lui avant qu'il n'eût le temps de mettre l'embout du tube à la bouche. Déséquilibré, Lycos tomba. Il réussit néanmoins à souffler.

* * *

— Que faire maintenant ?
Théodore venait de se relever et contemplait le corps sans vie du capitaine d'Aunaie.
— L'imbécile, dit Émile, il s'est lui-même envoyé la flèche au mollet...
— Justice est désormais faite, l'interrompit l'officier du deuxième bureau.
— Non, reprit Théodore. Non, justice n'est pas faite. Un châtiment avant jugement n'est pas justice, même si la culpabilité ne fait plus de doute.
— C'est ainsi, mon ami.
— Et cela vous arrange bien, commandant ! Pas de procès, pas d'explication, une faille qui tombe dans l'oubli.
— Cela conviendra à tout le monde, que vous le vouliez ou non. Dans quelques jours sera signé le traité de paix. Notre pays n'a plus besoin de signaux négatifs. Il doit se reconstruire en honorant ses héros, pas en abhorrant les traîtres et les lâches.
Émile s'interposa dans cet échange qui ne pouvait que s'envenimer :
— Commandant, il faudra pourtant bien que la disparition du capitaine soit déclarée !
— Pas obligatoirement. Ne m'avez-vous pas dit que Lycos a trouvé la mort l'an dernier en Espagne ? Le deuxième bureau se contentera volontiers de cette version. Il omettra

également de mentionner que le troisième crime n'est pas l'œuvre de ce Lycos et...
— Le troisième crime ? l'interrompit Théodore.
— Hans Villemin m'a fait parvenir sa confession détaillée, les circonstances de votre rencontre, le rôle que vous lui avez ordonné de jouer et la promesse que vous lui avez faite en échange de sa collaboration. Ainsi, le secret qui entourera cette affaire lui permettra de rentrer dans son Alsace natale sans être inquiété. Vous admettrez que finalement, ça nous arrange tous les deux.

Théodore hocha la tête en guise d'assentiment et finit par demander :

— Et celui-là ? Qu'en fait-on ?

20

Kléber Duchamp s'en était allé seul, juste après minuit. Les larmes de Théodore émurent Sœur Marie-Thérèse, la cornette.
À peine réapparu, déjà reparti ! Décidément, le destin a de drôles d'idées. Pourquoi avoir permis qu'il retrouve son géniteur pour le lui enlever avant qu'il ait vraiment eu le temps de faire sa connaissance ? Théodore n'était pas seulement triste, il ressentait aussi de la colère.
Le crucifix trônait toujours dans la chambre transformée en salle funéraire. Des cierges, une odeur d'encens.
Le visage serein de son père le rasséréna.
— Il n'a pas souffert, lui dit la cornette.

* * *

Pendant que Théodore veillait une dernière fois, deux hommes s'approchaient du banc du parc Montsouris.
— Encore un ! se plaignit l'inspecteur Germain.
— Se pourrait-il qu'on ait affaire à un meurtrier récidiviste ? répondit tranquillement son jeune adjoint, Pierre Rambourt.
— Eh bien, mon p'tit gars, voilà une jolie enquête qui s'annonce pour notre nouvelle équipe. J'espère que tu ne regretteras pas trop Méry. Un idéaliste, vois-tu. On fait pas la police avec de bons sentiments, ceux d'en face en sont dépourvus.

Pierre sourit. Il savait. Il savait, mais ne dirait rien. Cet individu affalé, mort sur le banc, resterait à jamais l'inconnu du parc Montsouris. Son nouveau supérieur avait raison : Théodore ne se plierait plus jamais aux contraintes de la hiérarchie.

* * *

Plus tard, le jeune inspecteur retrouva ses compagnons au crématorium du Père-Lachaise au moment où la lourde porte du four commençait à s'ouvrir.
— Un instant, s'il vous plaît, dit Théodore à l'employé qui commandait le mécanisme.
Sortant quelques feuillets de sa poche, il les plaça sur la poitrine du défunt.
— Ton curriculum vitae, murmura-t-il avant que l'agent ne réactivât le dispositif.

En attendant la remise des cendres, les quatre amis s'attablèrent dans un bistrot de la rue de Bagnolet qui jouxtait l'enceinte du cimetière.
— C'est un endroit qu'il aimait bien, dit Émile. À deux pas du mur des Fédérés.
— Le mur des quoi ? interrogea Pierre.
— Le mur des Fédérés ! Au pied de ce mur, ces salauds de Versaillais ont creusé une fosse commune dans laquelle ils ont jeté les corps des 147 fédérés, combattants de la Commune si tu préfères, qu'ils venaient de fusiller. Autant te dire qu'il s'agit d'un lieu de mémoire pour tous ceux qui aiment la liberté.
— Alors, santé à Kléber et aux Fédérés ! s'exclama l'apache en levant son bock.
— Et vive la liberté, répliqua Émile.
Seul Théodore semblait ne pas participer à la commémoration. Il restait silencieux.
— Écoute, lui dit le chiffonnier, je comprends ta tristesse, mais tu dois faire la place à la vie. Kléber, je te l'assure, a

mené l'existence qu'il souhaitait. Son corps n'est plus sur cette terre, mais, et c'est là l'important, tu as la chance de garder son souvenir. Et blablabla !
— Tu as raison ! Trinquons aux vivants !

— Au fait, as-tu eu des nouvelles au sujet de ton affaire ?
— Figure-toi que notre jeune ami ici présent est chargé de l'enquête ! Autant te dire qu'ils ne sont pas près de découvrir l'identité de ce nouvel inconnu !

Un brusque et tonitruant éclat de rire déconcerta le patron et les autres clients du troquet.

La vie reprenait ses droits.

Épilogue

Domitilde eut un recul de frayeur quand, sortant de son immeuble, elle avait bien cru être attaquée par un monstre bruyant et malodorant. La jeune femme ne reconnut le motocycliste qu'une fois ses lunettes relevées.
— Théodore ? Mais que fais-tu là ?
— Viens, nous partons.
— Quoi ? Mais où ?
— Voir la mer.
— C'est que je dois me rendre au travail !
— Tiens, voilà un pantalon, un blouson d'aviateur, un casque et quelques accessoires de protection. Oublie ton patron et va te changer, prends quelques affaires et monte derrière.
— Pour combien de temps ?
— Je ne sais même pas si nous rentrerons !

Ils atteignirent Étretat à la fin de l'après-midi, éreintés, mais heureux. Théodore sortit l'urne de la sacoche.
— Papa, c'est l'heure, dit-il. Il est temps pour toi de retrouver la liberté pour laquelle tu as tant lutté. Puisses-tu faire un bon voyage.

Blottis l'un contre l'autre, au bord de l'impressionnante falaise, Domitilde et Théodore regardèrent les cendres s'envoler au-dessus des flots jusqu'à être sûrs de ne plus en voir aucune. Un site majestueux en guise de paradis.
— Et où va-t-on maintenant ? demanda la jeune femme.

— Passons la nuit dans les environs et demain, nous rendrons visite au professeur Calot. J'ai hâte de lui montrer mon cheval mécanique.
— Et après ?
— Que dirais-tu de l'Espagne ? J'ai entendu parler d'une abbaye en ruines.

Domitilde se prit au jeu que lui proposait le fiancé retrouvé :
— Ensuite ?
— Le Portugal ? L'Andalousie ? En tout cas, le soleil, la lumière.

Il y avait urgence à déchirer les ténèbres qui l'enveloppaient depuis tant d'années.

Urgence à vivre !

« *Debout les morts !* » avait exhorté, du fin fond d'une tranchée, un certain adjudant Péricard quatre ans auparavant. Théodore se relevait enfin.